ULISSES WEHBY DE CARVALHO

O INGLÊS NA MARCA DO PÊNALTI

A TERMINOLOGIA ESPORTIVA EM INGLÊS APLICADA
NO DIA-A-DIA DAS PESSOAS E EMPRESAS

© 2003 Ulisses Wehby de Carvalho

Coordenação editorial
Paulo Nascimento Verano

Revisão
Alípio Correia de Franca Neto

Capa e projeto gráfico
Paula Astiz

Editoração eletrônica
Paula Astiz Design

Dados internacionais de Catalogação na Publicação (CIP)
(Câmara Brasileira do Livro, SP, Brasil)

Carvalho, Ulisses Wehby de
  O inglês na marca do pênalti : a terminologia esportiva em inglês aplicada no dia-a-dia das pessoas e empresas / Ulisses Wehby de Carvalho. – São Paulo : Disal, 2003.

  ISBN 85-89533-01-8

  1. Esportes – Terminologia 2. Inglês – Palavras e locuções I. Título. II. Título: A terminologia esportiva em inglês aplicada no dia-a-dia das pessoas e empresas.

03-0805   CDD-428

Índices para catálogo sistemático:
1. Inglês : terminologia esportiva : Lingüística aplicada   428

Todos os direitos reservados em nome de: Bantim, Canato e Guazzeli Editora Ltda.

Rua Major Sertório, 771, cj.1, Vila Buarque
01222-001, São Paulo, SP
Tel./Fax: (11) 3237-0070

Nenhuma parte desta publicação pode ser reproduzida, arquivada ou transmitida de nenhuma forma ou meio sem permissão expressa e por escrito da Editora.

A meu pai, por me ensinar as virtudes do esporte e me mostrar, na prática, que elas não se limitam ao campo esportivo.

ÍNDICE

8   **APRESENTAÇÃO, Michael Jacobs**
10   **INTRODUÇÃO**
13   **AGRADECIMENTOS**

15   **A (WHOLE) NEW BALL GAME**
16   **ABOVE PAR**
17   **ACROSS THE BOARD**
18   **ALSO-RAN**
19   **ANYBODY'S GAME**
131   **ARMCHAIR QUARTERBACK**
20   **AT THE HELM**
21   **BACK IN THE GAME**
22   **BACK TO THE MINORS**
23   **BAD SPORT (TO BE A)**
24   **BALLPARK FIGURE**
25   **BATTING A THOUSAND**
26   **BATTING AVERAGE**
205   **BEAT BY A NOSE**
27   **BEHIND THE EIGHT BALL**
28   **BELLY FLOP**
29   **BELOW PAR**
30   **BIG LEAGUE**
31   **BLOW THE WHISTLE (ON SOMEONE)**
32   **BOTTOM OF THE NINTH**
33   **BOUNCE SOMETHING OFF SOMEONE**
130   **BUSH LEAGUE**
205   **BY A NOSE**
34   **CALL A TIME OUT**
35   **CALL THE SHOTS**
36   **CARRY THE BALL**
37   **CATAPULT**
38   **CHAMP AT THE BIT**
39   **CHEAP SHOT**
38   **CHOMP AT THE BIT**
40   **CLEAR A HURDLE**
41   **CLOSE RACE**
42   **CLOSE SECOND (TO COME IN A / TO BE A)**
43   **CLOUT**
44   **COME OUT OF LEFT FIELD**
45   **COME OUT WINNERS**
181   **COME UP TO THE PLATE**
46   **COVER ALL THE BASES**
47   **CROSS THE FINISH LINE**
48   **DARK HORSE**
49   **DELIVER A HEAVY PUNCH**
49   **DELIVER A KNOCKOUT PUNCH**

50	DESIGNATED DRIVER
51	DIFFERENT BALL GAME
52	DIVE HEADFIRST
53	DIVE (RIGHT) IN
54	DO A BELLY FLOP
55	DO AN END-RUN
56	DOUBLE PLAY
57	DOWN AND OUT
58	DOWN FOR THE COUNT
59	DOWN TO THE WIRE
60	DROP THE BALL
61	DROWNING IN SOMETHING (TO BE)
55	END RUN (v.)
62	EVERY MAN FOR HIMSELF
63	FACE OFF (v.) / FACE-OFF (n.)
64	FAIR PLAY
65	FAST LANE
65	FAST TRACK (n. & adj.)
66	FIELD
67	FIELD A CALL
68	FIRST OUT OF THE GATE (TO BE)
69	FOUL OUT
70	FULL-COURT PRESS
71	FUMBLE (v. & n.)
72	GAME PLAN
73	GET ONE'S FEET WET
74	GET THE BALL ROLLING
75	GET TO FIRST BASE
76	GO A FEW ROUNDS WITH SOMEONE
77	GO DOWN TO THE WIRE
78	GO DOWN WITH THE SHIP
79	GO ONE-ON-ONE
80	GO TO BAT FOR SOMEONE
81	GOOD SPORT (TO BE A)
82	GRAND SLAM
83	GROUND RULES
84	HANDICAP (v. & n.)
85	HARD TO CALL
86	HAVE A FIELD DAY
87	HAVE A RINGSIDE SEAT
88	HAVE IN ONE'S CORNER
89	HE SHOOTS, HE SCORES!
90	HEAVYWEIGHT (n. & adj.)
91	HIT A FOUL BALL
92	HIT A HOME RUN
92	HIT A HOMER
93	HIT-AND-RUN
94	HIT BELOW THE BELT
92	HIT IT OUT OF THE BALLPARK
95	HOLE-IN-ONE
97	HOME BASE
96	HOME FREE (TO BE)
97	HOME PLATE
92	HOME RUN
98	HUDDLE
99	IN DEEP WATER
100	IN THE BALLPARK

101	IN THE DOLDRUMS
102	IN THE DUST (LEAVE SOMEONE)
103	IN THE HOMESTRETCH (TO BE)
104	IN THE RUNNING (TO BE)
105	IN THE SAME LEAGUE
106	IN THERE PITCHING
107	INSIDE TRACK
108	IT'S BACK TO THE OL' (OLD) BALL GAME
109	JOCKEY FOR POSITION
110	JUMP BALL
111	JUMP OFF THE DEEP END
112	JUMP THE GUN
113	KEEP ONE'S EYE ON THE BALL
114	KEEP PACE WITH
115	KICK OFF (v.) / KICKOFF (n.)
116	KNOCKOUT PUNCH
117	KNOCKOUT (n. & adj.)
118	LEFT AT THE GATE
119	LET'S PLAY BALL
120	LIGHTWEIGHT
121	LIKE THE CUT OF SOMEONE'S JIB
122	LOCKER ROOM TALK
123	LONG SHOT
124	LOW BLOW
125	LOWER THE BAR
126	LOWER THE GUARD
127	MAJOR LEAGUE
75	MAKE IT TO FIRST BASE
128	MAKE POINTS
129	MARATHON
130	MINOR LEAGUE
131	MONDAY MORNING QUARTERBACK
132	NECK AND NECK
133	OFF AND RUNNING
202	OFF BASE
134	ON AN EVEN KEEL
135	ON THE BALL (TO BE)
136	ON THE LAST LAP (TO BE)
137	ON THE ROPES
138	OT (abbr.)
139	OUT IN LEFT FIELD
140	OUT OF ONE'S LEAGUE (TO BE)
141	OUT OF THE RUNNING
142	OUT-OF-BOUNDS
143	PACE ONESELF
144	PAR FOR THE COURSE
145	PASS THE BATON
146	PASS THE TORCH
147	PHOTO FINISH
148	PINCH HIT
149	PITCH A NO-HITTER
150	PITCH ONE'S IDEAS
151	PLAY BY THE RULES
152	PLAY BALL
153	PLAY FAIR
154	PLAY HARDBALL
155	POLE-VAULT (v. & n.)

156	PULL A FAST ONE ON SOMEBODY
157	QUARTERBACK (v.)
158	RAISE ONE'S GAME
159	RAISE THE BAR
75	REACH FIRST BASE
160	RED CARD
161	REFEREE (v. & n.)
162	RIGHT OFF THE BAT
163	ROUGH-AND-TUMBLE (adj. & n.)
164	ROUGH SEAS AHEAD
165	RUN INTERFERENCE FOR SOMEONE
166	RUN WITH IT
167	SAVED BY THE BELL
168	SCORE BIG
169	SCORE POINTS
170	SCREWBALL
171	SET THE PACE
172	SEVENTH-INNING STRETCH
173	SHAPE UP OR SHIP OUT
174	SHOOT
175	SIDELINE (v. & n.)
176	SINK OR SWIM
177	SIT ON THE SIDELINES
178	SLAM DUNK
179	SMOOTH SAILING
180	STALL FOR TIME
181	STEP UP TO THE PLATE
182	STRIKE OUT (v.) / STRIKEOUT (n.)
183	SWAN DIVE (v. & n.)
184	SWITCH HITTER
185	TACKLE
186	TAKE A RAIN CHECK
187	TAKE A TIME OUT
166	TAKE THE BALL AND RUN WITH IT
188	TAKE THE WIND OUT OF ONE'S SAILS
187	TAKE TIME OUT
189	TEAM PLAYER (TO BE A)
73	TEST THE WATER
190	THE BALL IS IN YOUR COURT
191	THE WAY THE BALL BOUNCES
192	THE WHOLE NINE YARDS
193	THREE STRIKES AND YOU'RE OUT!
194	THROW A CURVE (BALL)
195	THROW IN THE SPONGE
195	THROW IN THE TOWEL
196	TIME OUT
197	TOUCH BASE WITH SOMEONE
198	TOUCHDOWN (n.) / TOUCH DOWN (v.)
199	TURN AT BAT (ONE'S)
200	TWO STRIKES AGAINST
201	UNDER THE WIRE
202	(WAY) OFF BASE (TO BE)
203	WHISTLEBLOWER
204	WILD PITCH
205	WIN BY A NOSE
206	YELLOW CARD
207	YOUR SERVE

APRESENTAÇÃO

Esta é uma obra que certamente estava fazendo falta aos alunos e professores de inglês. Antes de receber o manuscrito para apreciação, sinceramente eu não havia me dado conta de como os termos esportivos fazem parte do inglês cotidiano, tanto falado quanto escrito. E esse fenômeno não se limita ao meio esportivo, pois, no mundo dos negócios, da política e do noticiário em geral, está sempre presente também.

Como nativo da língua, posso afirmar que, se não todas as expressões, pelo menos a grande maioria me é familiar. Exceções existem, é claro, pois esportes como "baseball" e "American football" são até certo ponto um mistério para nós, britânicos. Situação similar é a do "cricket" para os norte-americanos, que vez por outra descobrem que "cricket" tem, sim, regras.

É importante perceber que a terminologia esportiva não se limita ao campo dos esportes. Ela é usada em todas as áreas da comunicação humana, e uma rápida consulta aos jornais e revistas não esportivos comprova isso. Ao ouvir o noticiário das redes CNN e BBC, por exemplo, encontramos esses termos constantemente empregados também na televisão. Não é de surpreender, portanto, que alunos de inglês e, muitas vezes, seus professores também, sintam aquela velha dificuldade – "Como posso melhorar a minha 'listening comprehension'?"

É claro que isso não vai acontecer se o estudante não compreender diversas frases, algumas com, às vezes, seis ou sete palavras, como é o caso da expressão na página 188, "Take the wind out of your sails", expressão muito comum na linguagem do dia-a-dia. Uma tradução direta talvez não ofereça muitas pistas – "Tirar o vento das suas velas" – até descobrir que, na realidade, significa... Bem, para saber o que é exatamente, você precisa consultar o livro. Não sou eu que vou ficar aqui reinventando a roda e tentando explicar numa maneira melhor que o próprio autor. O Ulisses já faz isso com maestria.

Por mais extenso que seja seu vocabulário ativo, o uso de frases como "beat by a nose" e "dark horse" pode deixar o aluno a ver navios, mesmo que saiba o significado de "beat" (bater/vencer), "nose" (nariz), "dark" (escuro) e "horse" (cavalo). Dentro do contexto esportivo, os termos têm um sentido certeiro, que – pode crer – não é nem de longe "bater um nariz" nem "cavalo escuro", mas... Mais uma vez, sugiro que procure você mesmo, pois já comprou o livro ou pelo menos está pensando nisso.

Mas o ponto forte da obra não é só deixar o leitor por dentro do vocabulário usado nos esportes. Ulisses vai muito mais longe, ao mostrar os exemplos fora do contexto esportivo e a sua aplicação e uso contemporâneo nos veículos de comunicação de massa. E não é apenas um exercício teórico, como também não é simplesmente mais uma lista sem alma de intermináveis expressões que dificilmente terão utilidade, servindo apenas aos interesses dos acadêmicos. Mostra a língua inglesa como ela é na realidade – viva e vibrante –, e os exemplos são atuais, quase sempre extraídos de textos da imprensa escrita.

Um belo exemplo do emprego da terminologia é "to pass the baton" (página 145). "Pass the baton" significa transferir o controle e a responsabilidade para outra pessoa. Podemos dizer "hand over control" para descrever a situação, mas com certeza "pass the baton" seria a frase escolhida pela maioria dos escritores e locutores.

O Inglês na Marca do Pênalti é uma obra que veio preencher uma lacuna no universo das publicações, para ajudar o aluno a entender melhor e progredir na língua inglesa.

Michael Jacobs

INTRODUÇÃO

Na língua inglesa, é inegável a presença maciça da terminologia esportiva no cotidiano das pessoas e empresas. As expressões usadas em diferentes modalidades transcendem as barreiras do esporte e invadem inúmeras áreas do conhecimento humano que nada têm a ver com campos, quadras, estádios e atletas. Os trechos de textos jornalísticos usados como exemplos deste livro são uma constatação de seu emprego na imprensa em geral. Além dos próprios jornalistas, políticos, economistas, executivos, diplomatas, presidentes, ministros, consultores, cientistas e personalidades em geral fazem uso de expressões esportivas com tanta freqüência e naturalidade que, às vezes, nem nos damos conta de que se trata de terminologia oriunda dos esportes.

Provavelmente, o motivo pelo qual essas expressões são usadas com tanta freqüência seja o intuito de se criar um vínculo emocional com o público por meio de analogias que são facilmente reconhecidas. Que líder político ou empresarial não gostaria de ver seus subordinados trabalhando com o mesmo empenho, dedicação e profissionalismo de uma equipe de mecânicos de uma escuderia vitoriosa? O que pode representar melhor o verdadeiro trabalho em equipe, no qual as individualidades dão lugar ao objetivo comum, do que um time vencedor? Não importa a modalidade esportiva; pode ser hóquei sobre o gelo, remo, basquete ou até mesmo o nosso futebol... Quem melhor do que Lance Armstrong para exemplificar a determinação para superar dificuldades? Quem melhor do que Michael Jordan para demonstrar a frieza necessária para fazer o arremesso decisivo faltando menos de um segundo no cronômetro? Quem melhor do que qualquer atleta amador para mostrar o que é realmente gostar do que se faz?

Vale ressaltar que o emprego de terminologia esportiva em outros contextos não se limita ao inglês americano. Muitos exemplos apresentados aqui foram extraídos de jornais de grande circulação na Inglaterra. Isso comprova que não são apenas os americanos que usam expressões esportivas em outros contextos. É evidente que cada país faz uso de expressões advindas de modalidades conhecidas por seus cidadãos. Portanto, não veremos expressões sobre beisebol e futebol americano no inglês falado na Europa. Contudo, as expressões usadas no boxe, no turfe, na vela e na natação, entre outros, são usadas nos dois lados do Atlântico.

Os leitores brasileiros, inclusive aqueles que possuem excelente domínio da língua inglesa, encontram dificuldades, muitas vezes intransponíveis, para compreender o significado das expressões esportivas. Esse problema é ainda mais pronunciado quando essas expressões são oriundas das duas modalidades que mais "emprestam" expressões ao mundo dos negócios: o beisebol e o futebol americano. Isso se deve ao fato de esses dois esportes serem praticamente desconhecidos do universo cultural dos países de língua portuguesa. Com muita freqüência, elas surgem em textos, escritos ou orais, e pegam leitores ou ouvintes totalmente desprevenidos. Por conseguinte, acabam comprometendo parcial ou totalmente a compreensão de um conceito ou de um exemplo. Ao fazer uma breve explicação do contexto em que a expressão é usada no esporte, procuro oferecer ao leitor não apenas a razão pela qual ela é usada em outras situações, mas também uma associação com a origem da expressão. Dessa forma, a compreensão e a memorização podem ocorrer mais facilmente.

São oferecidas algumas sugestões de tradução que devem ser escolhidas dependendo de inúmeras variáveis de contexto, registro, público ouvinte ou leitor, etc. Cabe ao leitor fazer a escolha adequada, usando, para isso, o bom senso. Evidentemente, há outras possibilidades de tradução além das apresentadas e, por esse motivo, a lista de sugestões não tem a pretensão de ser completa e definitiva. As sugestões de tradução seguem três critérios de seleção:

◆ Sempre que possível, é usada expressão equivalente em português da mesma modalidade esportiva. Por exemplo, LOWER THE GUARD (boxe) = "baixar a guarda" (boxe).
◆ Para as expressões de esportes pouco difundidos no Brasil, como, por exemplo, o futebol americano, é usada expressão esportiva de outro esporte: FUMBLE (futebol americano) = "pisar na bola" (futebol) ou DROP THE BALL (beisebol) = "dar uma bola fora" (futebol).
◆ Quando nenhuma das duas condições acima pode ser satisfeita,

expressões fora do meio esportivo são usadas no intuito de transmitir o mesmo conceito. Por exemplo, BATTING A THOUSAND (beisebol) = "ter desempenho extraordinário".

Ainda sobre os critérios adotados, são utilizadas ao longo do livro as seguintes abreviações:

abbr. = abbreviation
adj. = adjective
adv. = adverb
cf. = confer (compare)
fin. = finance
inf. = informal
n. = noun
usu. neg. = usually negative
v. = verb

O uso excessivo das expressões esportivas é, por outro lado, condenável, assim como quaisquer outros exageros na produção de um texto. Não cabe a mim, contudo, julgar estilo, estética ou a qualidade dos textos jornalísticos usados como exemplo neste livro. O objetivo primordial deste material é ajudar o lusófono a reconhecer, compreender e, se necessário, traduzir tais expressões para a língua portuguesa.

AGRADECIMENTOS

Pelas sugestões, críticas e revisão: Gerardo Baptista de Carvalho, Kemil Wehby e Michael Jacobs.

Pela colaboração: Márcia Souza Bulle Oliveira, Maria Cristina Wehby Barata, Paula Astiz, Vicente Catania, Walter Giordano e William Ali Wehby.

Pela revisão técnica: Afonso Carlos (Assessor de Imprensa do Jóquei Clube de São Paulo, Jornalista), Alberto Lapoian (Coordenador Técnico da Federação Paulista de Basquete), Alexandre Nita (Secretário-Geral da Confederação Brasileira de Beisebol e Softball), Cláudio Telesca (Professor de Educação Física e Vice-Presidente da Associação Brasileira de Futebol Americano e Flag), Félix Tadeu Acuio (Supervisor Técnico de Natação da Federação Aquática Paulista), Nélson Ferreira (Coordenador Técnico de Golfe do Paradise Resort Golf Village), Newton Campos (Presidente da Federação Paulista de Boxe, Vice-Presidente Honorário e Vitalício do Conselho Mundial de Boxe e Jornalista), Oswaldo Pizani (Árbitro da Confederação Brasileira de Atletismo e Vice-Presidente da Federação Paulista de Atletismo), Peter Grosvenor Breakwell (Vice-Presidente Social Administrativo da Federação de Vela do Estado de São Paulo), Sílvio Américo França dos Santos (Assessor de Imprensa da Federação Aquática Paulista) e Vítor Branco Figueira (Coordenador Técnico da Federação Paulista de Sinuca e Bilhar).

A (WHOLE) NEW BALL GAME
agora são outros quinhentos — agora a coisa muda de figura

A expressão "ball game" se aplica a qualquer esporte em que se use uma bola, embora ela seja freqüentemente empregada para se referir ao jogo de beisebol. Quando usada na frase "It's a (whole) new ball game", passa a significar outra situação ou conjuntura.

◆ Many stores are happy to sell you the computer, the peripherals, and the software. However, try to get support and you'll see that it's **a whole new ball game**!

◆ Muitas lojas fazem de tudo para lhe vender o computador, os periféricos e o software; mas tente pedir suporte e você verá que a coisa muda de figura!

◆ It's **a whole new ball game** in the computer-supplies business.

◆ Agora são outros quinhentos no negócio de suprimentos de informática.

◆ But a test that can distinguish between antibodies in vaccinated and diseased animals is "right over the horizon," DeHaven says. "Then it becomes **a whole new ball game**. Rather than destroying hundreds of thousands of animals like they did in Europe, you would vaccinate, test and destroy only those that had the natural infection." *("Farm country confronts 'undeniable' threat" — Patrick O'Driscoll — USA Today — May 8, 2002)*

◆ Mas um teste que possa distinguir os anticorpos de animais vacinados e doentes está bem próximo, segundo DeHaven. "Aí a coisa muda de figura. Em vez de sacrificar centenas de milhares de animais como foi feito na Europa, você vacinaria, examinaria e sacrificaria apenas aqueles animais que apresentassem a infecção natural."

ABOVE PAR
acima da média

O "par" é o termo usado no golfe para indicar a média de tacadas necessárias para se embocar a bola. Cada buraco tem seu "par" e cada campo, um "par" total. Curiosamente, vence nesse esporte quem tiver o menor número de pontos. Os jogadores buscam estar sempre abaixo do "par", pois vence a competição aquele que conseguir completar o campo com o menor número de tacadas. Portanto, os golfistas sempre procuram estar "below par". Em outros contextos, "above par" significa ser superior à média. cf. BELOW PAR.

◆ The new stereo's sound quality is **above par** but there are no features worth shouting about.

◆ A qualidade do som do novo aparelho é acima da média, mas não há nenhum outro recurso extraordinário.

◆ Critics say that the cast is **above par** for movies of this genre.

◆ Os críticos afirmam que o elenco é superior à média para filmes desse gênero.

◆ Movies have taken a swing at this subject before – Glenn Ford as Ben Hogan in Follow the Sun (1951), Jerry Lewis in The Caddy (1953), Bill Murray in Caddyshack (1980) – but few have reached **above-par** success. *("Hollywood goes for golf" – Susan Wloszczyna – USA Today – December 1, 1998)*

◆ O cinema já tratou desse tema anteriormente – Glenn Ford no papel de Ben Hogan em Follow the Sun (1951), Jerry Lewis em Sofrendo da Bola (1953), Bill Murray em O Clube dos Pilantras (1980) – mas poucos obtiveram sucesso acima da média.

ACROSS THE BOARD

indistintamente – geral – para todos

A expressão tem sua origem num tipo de aposta no turfe em que todas as possibilidades de acerto são cobertas, ou seja, o turfista aposta no mesmo cavalo como vencedor, placê (2º colocado), terceiro e quarto colocados. A tábua de apregoações, ou totalizador ("board"), é o quadro que apresenta as possibilidades de cada animal na visão do apostador. Em outros contextos, "across the board" significa algo que se aplica indistintamente a todos os membros de um determinado grupo.

◆ Concerns over the state of the economy caused a market turmoil that affected tech stocks **across the board**.

◆ A preocupação com a conjuntura econômica causou uma comoção no mercado que afetou indistintamente as ações de empresas de tecnologia.

◆ The President-elect promised an **across-the-board** tax cut.

◆ O Presidente eleito prometeu uma redução geral na carga tributária.

◆ "Prices are down 15% to 25% **across the board**," says Barbara Corcoran, chairman of Corcoran Group, a large New York brokerage firm. *("Why Apartment Firms Are Catering to Renters" – Peter Grant – The Wall Street Journal Online – April 12, 2002)*

◆ "Os preços estão, em geral, de 15% a 25% mais baixos", afirma Barbara Corcoran, presidente do Corcoran Group, uma grande corretora de Nova York.

ALSO-RAN

eterno perdedor – carta fora do baralho – pangaré (inf.) – matungo (turfe)

Depois de encerrado um páreo, os apostadores têm interesse apenas em saber quais foram os cavalos que chegaram nas quatro primeiras posições. Entretanto, após serem anunciados os nomes desses cavalos, o locutor complementa as informações dizendo: "Also ran: Quick Wit, Badger's Coast, Smart Money, Golden Loom, ..." Em português, usa-se a expressão: "Chegaram a seguir..." Por analogia, a expressão "also-ran" pode ser aplicada a funcionários constantemente preteridos em promoções, candidatos com fraco desempenho nas urnas ou pessoas mal-sucedidas em geral.

◆ A failed run for governor in 2000 seemed to cement his reputation as a political **also-ran**.
◆ Uma candidatura fracassada ao governo em 2000 parece ter consolidado a sua reputação de eterno perdedor.
◆ Analysts say company X is in danger of becoming an **also-ran**, when they still have good technology and a good installed base.
◆ Os analistas dizem que a empresa X corre o risco de se tornar carta fora do baralho mesmo tendo ainda uma boa tecnologia e uma boa base instalada.
◆ Long an **also-ran** in the Baltimore tourism market, the zoo has unveiled ambitious plans to change that, including a $60 million renovation and a new president, Elizabeth "Billie" Grieb. *("Recent interviews with local business leaders" – Chicago Tribune – April 22, 2002)*
◆ Há muito tempo uma carta fora do baralho no mercado turístico de Baltimore, o zoológico anuncia planos ambiciosos para mudar essa situação, incluindo uma reforma que custará 60 milhões de dólares e uma nova presidente, Elizabeth "Billie" Grieb.

ANYBODY'S GAME

não decidido – que está por ser resolvido – indefinido

A expressão "anybody's game" retrata partida que ainda não foi decidida. Geralmente, ela é empregada para descrever disputa eleitoral em que dois ou mais candidatos têm chance de vitória. Como podemos comprovar nos exemplos abaixo, "anybody's game" não se limita ao meio político e pode também ser empregada para exemplificar qualquer tipo de competição entre pessoas, empresas ou até mesmo países.

◆ Up to 60% of the electorate is still undecided over whom to vote for – meaning the May election could be **anybody's game**. *("At the starting blocks" – Sangwon Suh and Antonio Lopez – CNN – 2001)*

◆ Até 60% do eleitorado ainda não decidiu em quem vai votar – ou seja, a eleição de maio ainda não está decidida.

◆ The general perception is that Thailand is way behind (which it is), but it should be remembered that it's still **anybody's game**. *("Culture on Demand: Swinging Thailand" – Stan Salnaker – CNN – November 13, 1999)*

◆ A impressão geral é a de que a Tailândia está bem atrás (o que é verdade), mas não podemos nos esquecer de que nada está decidido.

◆ "At this point, it's **anybody's game**," says Infoseek CEO and President Harry Motro. "We're off to the races." *("In the portal wars, all systems are go.com" – Linda Himelstein and Ronald Grover – Business Week – December 10, 1998)*

◆ "Por enquanto, nada está decidido", afirma Harry Motro, presidente e CEO da Infoseek. "Vamos partir com tudo."

AT THE HELM

estar no comando – comandar – dirigir – controlar – estar no poder

Essa expressão é mais um exemplo da analogia náutica usada no mundo dos negócios. Nesse caso, transferimos a idéia de comandar embarcação para o comando de empresa ou qualquer outra organização. O substantivo "helm" significa timão ou roda do leme e determina o rumo que o barco irá tomar.

◆ Financial-services firm Conseco Inc. gave CEO Gary C. Wendt an $8 million bonus in July even though the Indianapolis company had seven quarters of losses totaling $5.7 billion in his two years **at the helm**. *("Governance: Look Who's Still at the Trough" – Arlene Weintraub and Ronald J. Grover – Business Week – September 9, 2002)*

◆ A Conseco Inc., empresa que presta serviços financeiros, deu a seu presidente Gary C. Wendt um bônus de 8 milhões de dólares em julho, apesar de a empresa de Indianápolis apresentar nos últimos 7 trimestres prejuízo no valor de 5,7 bilhões de dólares durante os dois anos em que ele esteve no comando.

◆ But even though they are better off with Republicans **at the helm** rather than Democrats, it will still cost them some money. *("GOP: A better pill for drug stocks" – Martine Costello – CNN – November 6, 2002)*

◆ Embora estejam em situação mais favorável com os Republicanos no comando do que com os Democratas, mesmo assim terão de arcar com certos custos.

◆ With Labour **at the helm**, they feel they have run out of options. *("Bradford needs hope, not teargas" – Gary Younge – The Guardian – July 10, 2001)*

◆ Com os Trabalhistas no poder, acreditam que suas opções se esgotaram.

BACK IN THE GAME

voltar a ser competitivo – ter chances novamente – estar no páreo outra vez

Muitas vezes, uma equipe em flagrante desvantagem durante a competição pode se recuperar e voltar a ter chances reais de vitória. O mundo dos negócios toma mais uma vez emprestado uma expressão do meio esportivo para descrever uma "virada" semelhante que pode ocorrer na situação econômica de uma empresa, numa campanha eleitoral, na economia de um país, etc.

◆ Still, with a couple of hit shows, the beleaguered network just might get **back in the game**. That would give Chairman Eisner something to pop a cork over. *("How ABC Could Salvage Its Season" – Ronald Grover – Business Week – October 21, 2002)*

◆ Ainda assim, com alguns programas de sucesso, a rede pode superar as dificuldades e voltar a ser competitiva. O presidente Eisner teria então motivos para comemorar.

◆ With one bound, Mr Gore was **back in the game**. *("Gore excels at survival game" – Martin Kettle – The Guardian – November 18, 2000)*

◆ De um salto, o Sr. Gore entrou novamente no páreo.

◆ The company has to convince customers they're **back in the game**.

◆ A empresa tem que convencer os clientes de que voltou a ser competitiva.

BACK TO THE MINORS

ser rebaixado – começar do zero – ostracismo – cair no esquecimento – ser deixado de lado – cair para a segunda divisão – ser posto para escanteio (inf.)

O substantivo "minors" é a forma reduzida usada para descrever "minor leagues", as divisões menos importantes do mundo do beisebol profissional americano. A "MLB – Major League Baseball" é a principal divisão desse esporte. cf. MAJOR LEAGUE, IN THE SAME LEAGUE, OUT OF ONE'S LEAGUE (TO BE).

◆ So would your company pass the major-league-readiness test? Or would you be booted **back to the minors**? *("Are You Ready for the Major Leagues?" – Susan Greco – Inc Magazine Online – February 1, 2001)*

◆ A sua empresa passaria no teste para estar entre as grandes? Ou você seria rebaixado novamente para a segunda divisão?

◆ If the famous actress wishes to escape being sent **back to the minors**, she needs to hit a home run herself.

◆ Se a famosa atriz não quiser cair no esquecimento, ela mesma vai precisar marcar um gol de placa.

◆ We stated that we would keep a close watch over Company X shares. That watch is over, and it's time to send Company X **back to the minors**.

◆ Afirmamos que observaríamos de perto as ações da Empresa X. A observação chegou ao fim e é hora de rebaixar a Empresa X.

BAD SPORT (TO BE A)
ser mau perdedor – ser estraga-prazeres – ser chato – ser mala (inf.)

 A expressão descreve aquele jogador que apresenta comportamento antiesportivo. cf. GOOD SPORT (TO BE A). Diz-se da pessoa que não aceita situação adversa.

◆ If you don't come to the party you are subject to accusations of being **a bad sport**.
◆ Se você não vier à festa, correrá o risco de ser chamado de estraga-prazeres.
◆ I don't mean to seem **a bad sport** but I don't agree with the plan to haul nuclear waste across the country.
◆ Não quero dar a impressão de ser estraga-prazeres, mas não concordo com o plano de transportar lixo nuclear pelo país.
◆ And remember Bob 'I'm Losing, I Quit' Torricelli for the **Bad Sport** award. After quitting the New Jersey race, he refused to share the millions in campaign donations he had collected with other Democrats. *("Campaign 2002: The Good, Bad And Old" – Bob Schieffer – CBS News – November 1, 2002)*
◆ E lembrem-se de Bob "Estou Perdendo, Eu Desisto" Torricelli para o prêmio "Mau Perdedor". Depois de abandonar a disputa em New Jersey, ele se recusou a dividir com outros Democratas os milhões de dólares que arrecadara na campanha.

BALLPARK FIGURE
estimativa – projeção – arredondamento

Essa é mais uma das inúmeras expressões que tem a sua origem no beisebol. Ela é freqüentemente usada para se referir a uma projeção, estimativa ou cálculo que esteja dentro dos limites do campo, ou seja, não se trata de algo irreal nem muito exagerado. cf. IN THE BALLPARK (TO BE).

◆ Can anyone give me a **ballpark figure** on the number of nuclear power plants in Europe?

◆ Alguém poderia me dar uma estimativa do número de usinas nucleares na Europa?

◆ Democrats think the total may be $200 billion. "I'd say $150 billion is a good **ballpark figure**," said economist Laurence Meyer, who has advised CBO. Other experts agree. *("Budget gap shows signs of easing" – Bill Montague – USA Today – March 18, 1996)*

◆ Os Democratas acreditam que o total chegue a 200 bilhões de dólares. "Eu diria que 150 bilhões é uma estimativa razoável", afirma o economista Laurence Meyer, consultor da Comissão de Orçamento do Congresso. Outros especialistas têm a mesma opinião.

◆ The family-owned company didn't disclose exact annual revenue, but analysts believe $2 million would be a very good **ballpark figure**.

◆ A empresa familiar não divulgou valores exatos de sua receita anual, mas os analistas acreditam que dois milhões seria uma projeção muito boa.

BATTING A THOUSAND

ter desempenho extraordinário – ir muito bem – estar com tudo – sucesso absoluto – êxito total – jogar um bolão (inf.) – bater um bolão (inf.) – arrebentar (a boca do balão) (inf.) – detonar (inf.)

Um bom rebatedor que atua na liga profissional de beisebol consegue acertar, em média, 30% das bolas que lhe são arremessadas. Esses dados estatísticos são apresentados com três casas decimais: .300. Contudo, esse índice é lido como se fosse um algarismo de 3 dígitos, ou seja, "batting three hundred". Portanto, hipoteticamente, o jogador que rebatesse 100% dos lançamentos estaria "batting a thousand". Fora do esporte, essa expressão é bastante utilizada para indicar sucesso absoluto. cf. BATTING AVERAGE.

◆ So far, the President has been **batting a thousand** in the media and in public opinion polls.
◆ Até agora o presidente vem apresentando um desempenho extraordinário na mídia e nas pesquisas de opinião.
◆ It was a comprehensive physical. Everything from my hearing to my blood pressure is tested. I'm **batting a thousand** until my cholesterol levels are evaluated.
◆ Foi um check-up completo. Tudo foi examinado; desde minha capacidade auditiva até a pressão sangüínea. Eu estava indo muito bem até a hora em que avaliaram o nível de colesterol.
◆ "You guys are **batting a thousand**," a voice from Mission Control said, congratulating them on their journey. *("'It was fun' – Space walk by U.S. astronauts a success" – John Holliman – CNN – March 27, 1996)*
◆ "Vocês estão indo muito bem", alguém disse no Centro de Comando, parabenizando os astronautas pela viagem.

BATTING AVERAGE
desempenho – porcentagem de acerto

O desempenho dos jogadores é constantemente medido durante as partidas de beisebol. Os rebatedores, por exemplo, são avaliados com base no número total de rebatidas válidas em relação ao número de vezes que se posicionam para rebater. A expressão "batting average", resultado dessa proporção, é também usada, em sentido figurado, para descrever o comportamento de executivos, empresários e profissionais em geral. cf. BATTING A THOUSAND.

◆ If one hospital performs fifty bypasses a year with forty-five of them successful, while a second hospital performs only ten, but all of them successful, who really has the better record? The second hospital has the better **batting average**, but the first clearly has more experience. *("The Right to Know" – The Wall Street Journal – 2001)*

◆ Se um hospital realiza cinqüenta cirurgias de ponte de safena por ano, sendo que quarenta e cinco são bem-sucedidas, ao passo que um segundo hospital realiza somente dez, mas todas bem-sucedidas, qual tem na realidade o melhor desempenho? O segundo hospital tem a maior porcentagem de acerto, mas o primeiro evidentemente tem mais experiência.

◆ We all make mistakes but the better the **batting average** the faster executives move up the ladder into more important positions.

◆ Todos nós cometemos erros, mas quanto melhor o desempenho, mais rapidamente os executivos galgam postos mais importantes na hierarquia da empresa.

◆ Executives should always try to find ways to enhance their decision making **batting average**.

◆ Os executivos devem sempre tentar encontrar formas de melhorar seu percentual de acerto na tomada de decisões.

BEHIND THE EIGHT BALL

estar numa sinuca (de bico) – dar-se mal – em dificuldade – bater cabeça

No "pool", mais especificamente no "eight ball", uma das várias modalidades do bilhar, a bola oito é a bola decisiva da partida. Ela é a última bola a ser encaçapada. Portanto, o jogador que estiver com a bola branca escondida atrás da bola oito terá dificuldades para encaçapar a bola da vez.

◆ It is believed that many traditional industry sectors are somehow **behind the eight ball** on committing to the Internet.

◆ Acredita-se que muitos setores industriais tradicionais estão, de certa forma, enfrentando uma grande dificuldade para se adaptar à Internet.

◆ Companies are now realizing that if they don't make the decision to operate in international markets, they'll be **behind the eight ball** when the economy turns around.

◆ As empresas estão começando a perceber que se não tomarem a decisão de atuar em mercados internacionais, elas se darão mal quando a economia se recuperar.

◆ I would like to purchase a multi-family home but my credit is terrible. I really put myself **behind the eight ball** in college with credit cards, but I'm paying down my debt and putting my finances in order. How can I get a mortgage despite my history? *("Credit Conundrums Require Desperate Measures" – Robert Irwin – The Wall Street Journal – 2002)*

◆ Eu gostaria de comprar uma casa para várias famílias, mas o meu crédito é um problema grave. Realmente me compliquei com os cartões de crédito durante a faculdade, mas estou saldando a dívida e colocando as minhas contas em ordem. Como posso conseguir um financiamento apesar do meu histórico?

BELLY FLOP

barrigada (natação) – pisada na bola – mancada – queda – fracasso

A expressão "belly flop" é utilizada para descrever a situação embaraçosa que um nadador enfrenta ao cair de barriga na piscina. Em outros contextos, usamos essa expressão para descrever qualquer erro crasso ou infantil cometido por pessoa ou empresa.

◆ Before the WorldCom bankruptcy, about 17 percent of the junk bond universe was made up of companies that had gone belly up in the prior year, says Gross. WorldCom's **belly flop** raises that percentage to more than 20 percent. *("The Bond King: Bill Gross" – Suzanne Woolley – MONEY Magazine – September 9, 2002)*

◆ Antes da falência da WorldCom, cerca de 17% do universo dos títulos de alto risco era composto por empresas que haviam decretado falência no ano anterior, afirma Gross. O fracasso da WorldCom eleva esse percentual para mais de 20%.

◆ Another Corporate **Belly Flop**. *("Another Corporate Belly Flop" – CBS News – June 26, 2002)*

◆ Mais um fracasso empresarial.

◆ Chappel was subsequently sidelined by what Miller considers "my biggest corporate **belly flop** ever," when Miller merged the company with USA Waste and turned over control of the combined entity to executives of the smaller company. *("Meet the New Boss" – CFO.com – 2002)*

◆ O Sr. Chappel foi afastado por aquilo que o Sr. Miller considera "meu maior fracasso empresarial", quando ele fundiu a empresa com a USA Waste e passou o controle dessa nova instituição para os executivos da empresa menor.

BELOW PAR

abaixo da média

O "par" é o termo usado no golfe para indicar a média de tacadas necessárias para se embocar a bola. Cada buraco tem seu "par" e cada campo, um "par" total. Curiosamente, vence nesse esporte quem tiver o menor número de pontos. Os jogadores procuram sempre estar abaixo do "par", pois vence a competição aquele que conseguir completar o campo com o menor número de tacadas. Em outros contextos, "below par" significa estar abaixo da média. Paradoxalmente, assim como a expressão "above par", esse é um dos poucos exemplos cuja aplicação prática é contrária ao uso no esporte. cf. ABOVE PAR.

- The notebook battery performed a little **below par** lasting only 2 hours.
- O desempenho da bateria do "notebook" ficou um pouco abaixo da média pois durou apenas 2 horas.
- The new central bank might well decide to raise interest rates in order to defend the euro. But that could slow down economic growth, and from a rate that throughout the 1990s has been well **below par** when compared with the booming economies of Asia or the robust American economy. *("For Dawn of the Euro, A German Storm Sign – What Price to Pay for a Strong Currency?" – Alan Friedman – International Herald Tribune – August 8, 1997)*
- O novo Banco Central pode muito bem optar por elevar a taxa de juros para proteger o euro. Mas essa medida poderia retardar o crescimento econômico que, por sinal, durante os anos 90 vem ficando bem abaixo da média quando comparada às taxas de crescimento das economias emergentes da Ásia e da forte economia americana.
- We all know that his performance was **below par** due to illness.
- Todos sabemos que seu desempenho ficou abaixo da média por motivo de doença.

BIG LEAGUE

primeira divisão – aqui a coisa é pra valer (inf.) – estar entre os grandes – estar entre as feras

No beisebol, a expressão "big league" é usada para designar a "MLB – Major League Baseball", a principal entidade desse esporte nos EUA, a qual organiza o campeonato profissional, incluindo equipes dos Estados Unidos e do Canadá. Por analogia, a mesma expressão é empregada para descrever uma equipe de profissionais altamente capacitados. cf. MAJOR LEAGUE.

◆ The Korean auto maker wants to play in the **big league** with its latest model.

◆ A fabricante coreana de automóveis quer competir com as grandes com o lançamento de seu mais novo modelo.

◆ Senior management must be able to further develop the company in the medium and long term to remain competitive in the **big league** in which it now finds itself.

◆ A direção deve ter condições de desenvolver a empresa ainda mais no médio e no longo prazo para que ela permaneça competitiva, agora que está entre as grandes.

◆ Is your small company ready to do business with the big boys? One researcher has concluded that many are ill equipped to perform in the **big leagues**. *("Are You Ready for the Major Leagues?" – Susan Greco – Inc Magazine Online – February 1, 2001)*

◆ A sua pequena empresa está pronta para negociar com as grandes? Um pesquisador concluiu que a maioria está mal preparada para figurar na primeira divisão.

BLOW THE WHISTLE (ON SOMEONE)
denunciar – delatar – dedurar (inf.) – entregar (inf.)

Em diversos esportes, as jogadas consideradas ilegais são interrompidas pelo apito do árbitro. Por analogia, usa-se a mesma expressão em muitas outras situações, quando alguém descobre e denuncia irregularidade ou ato ilícito. cf. WHISTLEBLOWER.

◆ Three months after he first stumbled upon the suspicious activity he decided he had no other choice but to **blow the whistle** on company X.

◆ Três meses após ter constatado a atividade suspeita, ele concluiu que não tinha outra opção a não ser denunciar a empresa X.

◆ Employees should send an anonymous e-mail to **blow the whistle** on questionable business practices.

◆ Os funcionários deveriam enviar um e-mail anônimo para denunciar práticas comerciais censuráveis.

◆ "You're captain of the ship," said Democrat Gary Ackerman. "If they came to you and said: 'We want to rob a bank and here's who's going to drive the getaway car, and this is what we're going to pay for the gun,' you don't feel you have a duty to **blow the whistle**?" *("Andersen chief shifts blame in Enron debacle" – Peter Spiegel – Financial Times – February 5, 2002)*

◆ "Você é o capitão do navio", disse o Democrata Gary Ackerman. "Se eles chegam até você e dizem: 'Vamos roubar um banco e fulano de tal vai dirigir o carro na fuga, esse é o preço que vamos pagar pela arma', você não acha que é sua obrigação denunciar?"

BOTTOM OF THE NINTH

aos 44 min do segundo tempo – ao apagar das luzes – no último minuto – a última chance – é agora ou nunca

Uma partida de beisebol é composta por nove tempos, chamados de entradas ("innings"), divididas em duas partes. Na primeira parte, o time visitante joga no ataque na posição de rebatedor e pode, conseqüentemente, anotar pontos. Somente quando o time de defesa consegue eliminar três jogadores do time de ataque as equipes invertem os papéis. Vale notar que não existe empate em um jogo de beisebol. Quando duas agremiações estão em igualdade ao fim da nona entrada, são disputadas outras entradas até que uma delas consiga uma vantagem sobre a outra. A expressão "bottom of the ninth" representa, quando não há empate, a derradeira oportunidade de uma equipe marcar pontos e tentar uma virada no placar. Ela é muito usada em diversos contextos para retratar situação semelhante.

- "It's the **bottom of the ninth** inning, and we have two outs and two strikes," says Oliver Ryder, a geneticist. And scientists are looking for a home run as they try to save the northern white rhinos from extinction. About 40 remain in the world. *("Breeding rhinos: Not an easy chore" – Ann Kellan – CNN – March 2, 1996)*
- "Estamos perdendo por 1x0 aos 44 minutos do segundo tempo e com um homem a menos", diz Oliver Ryder, geneticista. E os cientistas estão em busca de um gol salvador na tentativa de evitar a extinção do rinoceronte branco do norte. Restam cerca de 40 no mundo.
- After much debate, an important bill was approved by the U.S. Senate Friday. "This was a home run in the **bottom of the ninth**," said the senator from Delaware.
- Depois de muita polêmica, um importante projeto de lei foi aprovado pelo Senado americano nesta sexta-feira. "Foi um gol de placa aos 44 min do segundo tempo", disse o senador de Delaware.
- I'm not particularly fond of waiting until the **bottom of the ninth** to close a deal.
- Não sou muito favorável a esperar até o último minuto para fechar um negócio.

BOUNCE SOMETHING OFF SOMEONE

trocar idéias – pedir opinião – trocar figurinhas (inf.)

Essa expressão tem a sua origem no simples fato de que, ao arremessarmos uma bola contra uma parede, ela retorna para nossas mãos. Por analogia, "jogamos a bola" para alguém que deve devolvê-la na forma de opinião, sugestão ou crítica. cf. PITCH ONE'S IDEAS.

◆ Mike, I've got this idea I want to **bounce off you**.

◆ Mike, eu gostaria que você desse sua opinião sobre esta minha idéia.

◆ There are no sure ways to succeed in business. However, there are a myriad of ways to ensure failure. Here are just a few: If you think you have a good idea, be sure to **bounce it off someone** who is not biased... like your spouse, mother or brother-in-law. *("New Year's Stuff... A Time to Reflect" – The Entrepreneur Network)*

◆ Não há receita infalível para garantir o sucesso no mundo dos negócios. Contudo, há inúmeras formas de assegurar o fracasso. Esta é apenas uma pequena lista: se você acha que tem uma boa idéia, o ideal é pedir opinião para quem é imparcial... como o seu cônjuge, mãe ou cunhado.

◆ Being relatively a novice in this area, I wanted to **bounce the idea off the group** to see how my project fits into the goals of the organization.

◆ Sendo relativamente novo nessa área, quis trocar idéias com o grupo para saber se o meu projeto se enquadra nos objetivos da organização.

CALL A TIME OUT
fazer um intervalo – pedir um tempo

No basquete, assim como em muitas modalidades esportivas, os treinadores das equipes têm o direito de solicitar uma breve interrupção na partida para que possam orientar seus atletas. Esse intervalo, na maioria das vezes de um minuto, é também aproveitado pelos atletas para descansar física e mentalmente. Em outros contextos, a mesma expressão é usada com esse mesmo sentido, ou seja, requisitar uma pausa durante a realização de determinada atividade para descanso, reorientação de conduta, serenar os ânimos, etc.

◆ At that point I was so tired and depressed that I had to **call a time out**.

◆ Àquela altura, estava tão cansado e deprimido que tive de pedir um tempo.

◆ Mr Barak resigned from the post last week, starting what he **called a time out** from politics. *("Labour to join Sharon coalition" – BBC – February 26, 2001)*

◆ O Sr. Barak renunciou ao cargo na semana passada, dando início ao que ele chama de uma pausa na política.

◆ I **called a time out** in the middle of the conversation. I had to talk to my boss before turning down the proposal.

◆ No meio da conversa, pedi para fazermos um intervalo. Tinha de conversar com o meu chefe antes de recusar a proposta.

CALL THE SHOTS
dar as cartas – ser o manda-chuva (inf.) – jogar de mão (inf.)

A expressão "call the shots" é oriunda do jogo de sinuca. Em algumas modalidades desse esporte, os jogadores são obrigados a indicar em que caçapa irão embocar a bola visada. Essa prática é conhecida como "cantar a caçapa" ou "jogar com caçapa cantada".

◆ Everybody knew that the president **called the shots** and made all the main decisions regarding the party, including nomination of candidates.

◆ Todos sabiam que o presidente dava as cartas e tomava todas as decisões importantes relacionadas ao partido, inclusive a indicação de candidatos.

◆ Who **calls the shots** around here?

◆ Quem é o manda-chuva aqui?

◆ The bad news is that the restaurant marketing people seem to be **calling the shots**. And they have made a couple of bad decisions. *("Orlando-Disney World Restaurant Overview" – The New York Times)*

◆ A má notícia é que o pessoal de marketing do restaurante dá as cartas. E já tomaram algumas decisões erradas.

CARRY THE BALL

dar continuidade – dar andamento – conduzir o processo – ser responsável – tocar (plano ou projeto) – seguir

O objetivo principal do jogador de futebol americano é entrar na "end zone" da equipe adversária. Esta região fica nas extremidades do campo de futebol americano. A linha que separa o campo de jogo e a "end zone" está na mesma posição que a linha de fundo no campo de futebol. Se, ao receber passe de seu companheiro, o jogador conseguir penetrar nessa área, anotará 6 pontos para a sua equipe ("touchdown") e seu time terá a chance de anotar mais 1 ("extra point") ou 2 ("two-point conversion") pontos. Portanto, "carregar a bola" é extremamente importante nesse esporte. Em outros contextos, dizemos "carry the ball" nos casos em que alguém é responsável por conduzir um projeto, comandar uma atividade, dar andamento a um plano, etc.

◆ Aware of the problems, Prime Minister Atal Bihari Vajpayee has thrown his political weight behind privatization. Last December, he picked Information Minister Arun Jaitley to **carry the ball**. *("Air India's Excess Baggage" – Manjeet Kripalani – Business Week – July 3, 2000)*

◆ Ciente dos problemas, o primeiro-ministro Atal Bihari Vajpayee tem usado seu peso político para dar apoio à privatização. Em dezembro passado, ele escolheu o ministro de Informações Arun Jaitley para conduzir esse processo.

◆ Even subordinates are leaders in the high-tech arena, so they better be able to **carry the ball** if it's handed to them. *("In Charting a Course for a Career, It's Vision That Counts" – Steven Ginsberg – The Washington Post – December 15, 1997)*

◆ Até mesmo os subordinados são líderes no setor de alta tecnologia, portanto é melhor que saibam muito bem o que fazer com a bola se receberem um passe.

◆ OS developers must **carry the ball** on security. *("OS developers must carry the ball on security" – Alex Torralbas – Computer World – September 18, 2000)*

◆ Os desenvolvedores de Sistemas Operacionais devem ser responsáveis pela segurança.

CATAPULT
catapultar – impulsionar – alçar

Esse verbo é usado para descrever o movimento realizado pelos atletas praticantes do salto com vara, clássica modalidade dos Jogos Olímpicos. Em outros contextos, "catapult" é uma palavra usada para descrever um salto positivo e excepcional, geralmente impulsionado por algum fator externo. cf. POLE VAULT.

◆ The advent of new politics and technologies promises to **catapult** the entire region into the global economy.

◆ O advento de novas políticas e tecnologias promete impulsionar toda a região rumo à economia global.

◆ Although the government does block websites and monitors cyber cafes, it knows that if it wants an internet-savvy generation to **catapult** China to the forefront of the global economy, it has no choice but to wire up the young as fast as possible. *("Internet dreams of China's young" – BBC – November 14, 2002)*

◆ Embora o governo realmente bloqueie os sites e monitore os "cyber cafes", ele sabe que se quiser uma geração informatizada que impulsione a China rumo à liderança na economia global, não terá outra alternativa a não ser fazer com que os jovens tenham acesso aos computadores o mais rapidamente possível.

◆ Assuming regulators would approve such a deal, the merger would **catapult** the company to the forefront of the cable Internet market.

◆ Supondo-se que os órgãos reguladores aprovem o negócio, a fusão levaria a empresa a assumir papel de destaque no mercado de Internet a cabo.

CHAMP AT THE BIT
CHOMP AT THE BIT

estar ansioso – mal consegue esperar – babar (inf.)

Essa expressão se refere ao comportamento do cavalo antes do início da corrida. Os animais mordem nervosamente o bridão na expectativa de começar a correr. Por conseqüência, a expressão descreve alguém que está ansioso para dar continuidade ou iniciar uma tarefa. Embora a palavra "chomp" seja uma variante nem sempre aceita formalmente, as duas formas "champ at the bit" e "chomp at the bit" são usadas com freqüência.

◆ As congressional leaders **chomp at the bit** to get more information about her trading, Stewart has emphatically denied that she had any inside information at the time of her sale. *("The Insiders" – Catherine Valenti – ABC News – June 24, 2002)*

◆ Enquanto os líderes do Congresso mal conseguem esperar a chegada de informações sobre seus negócios, a Sra. Stewart nega categoricamente que tenha obtido informações confidenciais no momento da venda.

◆ They **champ at the bit** for some action, and they get more than they hoped for when they intentionally fly off course and are shot down by a heat-seeking missile. *("Review: 'Enemy Lines' slam-bang silliness" – Paul Tatara – CNN – November 29, 2001)*

◆ Eles estão ansiosos em busca de ação e acabam se surpreendendo quando saem da rota propositalmente e são abatidos por míssel guiado por calor.

◆ Such loans are a standard practice among professional sports agents and financial planners who **champ at the bit** to represent wealthy athletes in return for a percentage of their income from salary and endorsement deals. On the face of it, there's nothing wrong with this practice. *("Agents need to protect athletes — from themselves" – DeWayne Wickham – USA Today – July 23, 2001)*

◆ Empréstimos desse tipo são comuns entre os empresários e consultores financeiros que estão sempre ansiosos por representar os atletas profissionais abastados em troca de uma porcentagem de seus salários e cachês publicitários. Em tese, não há nada de errado com essa prática.

CHEAP SHOT
jogo sujo – golpe baixo – ser injusto

Essa expressão tem sua origem no futebol americano, esporte em que há contato físico intenso e constante entre os jogadores. Contudo, um jogador demonstra falta de esportividade se atingir seu adversário quando a partida estiver interrompida ou quando seu oponente estiver em posição vulnerável. Por analogia, a expressão é usada em outros contextos para descrever um insulto gratuito, que pode magoar as pessoas por tocarem em seu ponto mais vulnerável ou sensível. cf. HIT BELOW THE BELT, LOW BLOW.

◆ For the government to suggest that students are spending too much on non-essentials is nothing more than a **cheap shot**. *("Government plays down top-up fee claims" – Polly Curtis – The Guardian – November 19, 2002)*

◆ Não passa de uma grande injustiça o governo sugerir que os alunos estão gastando demais com supérfluos.

◆ It's just a political **cheap shot** to suggest there's anything wrong with this measure. It was an economic decision in the best interests of the country.

◆ Insinuar que há algo de errado com essa medida nada mais é do que uma sórdida jogada política. Trata-se de decisão econômica que visa atender os interesses do país.

◆ It's obvious they couldn't cover everything. Therefore, it's a **cheap shot** to say "They didn't teach me this at college."

◆ É claro que é impossível ensinar tudo. Portanto, é injusto afirmar "Eles não me ensinaram isso na faculdade".

CLEAR A HURDLE
superar obstáculo – superar barreira

A expressão "clear a hurdle" tem sua origem nas provas de atletismo de 100 m com barreiras (feminino), 110 m com barreiras (masculino) e 400 m com barreiras. Nessas modalidades, os atletas são obrigados a transpor barreiras que podem variar de 76,2 cm (400 m com barreiras feminino) a 1,067 m (110 m com barreiras masculino). Há também as provas de 3.000 m com obstáculos de 76,2 cm no feminino e 91,4 cm nas provas masculinas. Por analogia, a mesma expressão é usada nos mais variados contextos para significar simbolicamente a superação de uma dificuldade.

◆ The electricity rate increase must **clear a few more hurdles** before it can be implemented – including approval by the Public Utilities Commission.
◆ Antes de entrar em vigor, o aumento da tarifa de eletricidade ainda terá de superar algumas barreiras como, por exemplo, a aprovação da Comissão de Serviços Públicos.
◆ The company must **clear a hurdle**: ensuring job security for employees. Only then new management can make sure employees will become involved.
◆ A empresa deve superar um obstáculo: garantir a estabilidade para os funcionários. Somente assim a nova diretoria poderá ter certeza de que haverá participação ativa dos empregados.
◆ In 2000, U.S. Congress voted to grant China permanent normal-trade relation status, the highest level of restriction-free trade enjoyed by the closest U.S. allies. The vote allowed Beijing to **clear a hurdle** in its 15-year quest to join the World Trade Organization. *("Bush: China Options" – CNN – 2002)*
◆ Em 2000, o Congresso americano aprovou medida que concedeu à China a condição de parceiro cujas relações comerciais são normais permanentemente, o nível mais alto de liberação comercial concedido aos aliados mais próximos dos EUA. Essa votação permitiu que a China superasse um obstáculo em sua luta de 15 anos para entrar na Organização Mundial do Comércio.

CLOSE RACE

disputa acirrada – disputa palmo a palmo – páreo duro – osso duro de roer (inf.)

Essa expressão é oriunda das modalidades esportivas em que os concorrentes devem chegar à frente de seus adversários. Podemos, portanto, nos deparar com situações como a descrita pela expressão "close race" no turfe, no automobilismo, em algumas provas do atletismo, etc. Em outros contextos, empregamos a analogia esportiva para descrever a disputa acirrada entre dois concorrentes ao mesmo cargo, prêmio, promoção, etc.

◆ Although national opinion polls show a **close race**, there are strong feelings in some parts of Germany that it is time for a change after 16 years of Chancellor Kohl. *("Germany's invisible wall" – BBC News – September 24, 1998)*

◆ Embora as pesquisas de opinião indiquem uma disputa acirrada, há um sentimento muito claro em algumas regiões da Alemanha de que é chegada a hora de mudar, depois de 16 anos com o Chanceler Kohl.

◆ Many Americans now admit they would have voted for Nader if it hadn't been such a **close race**.

◆ Muitos americanos admitem agora que teriam votado em Nader se a disputa não tivesse sido tão acirrada.

◆ The former Secretary of State and the former Boston mayor are locked in a **close race** for the Senate.

◆ O ex-secretário de Estado e o ex-prefeito de Boston estão disputando palmo a palmo uma vaga no Senado.

CLOSE SECOND (TO COME IN A / TO BE A)

perder no photofinish – chegar logo atrás – estar logo atrás

Diz-se daquele atleta que deixa de ganhar uma prova por uma diferença muito pequena. Pode também significar, em outros contextos, aquela pessoa que quase foi escolhida como a primeira opção para um trabalho, promoção ou cargo eletivo.

◆ James White won 41% of the total vote, while Peter McNeill came in **a close second** with 39% of the votes.

◆ James White recebeu 41% do total de votos, ao passo que Peter McNeill perdeu no fotochart com 39% dos votos.

◆ Texas ranks first in the nation in its ability to generate with solar energy, and is **a close second** to North Dakota in wind potential.

◆ Texas é o Estado americano que tem a maior capacidade de geração por meio de energia solar e está logo atrás da Dakota do Norte em potencial eólico.

◆ He is considered a long shot by most Republicans, but Forbes put up a good showing in the latest New Hampshire polls, coming in **a close second** behind Sen. Bob Dole. *("Forbes Pitches Flat-Tax Message in GOP Country" – Bruce Morton – CNN – January 3, 1996)*

◆ Ele é considerado zebra pela maioria dos Republicanos, mas Forbes teve bom desempenho nas últimas pesquisas de opinião em New Hampshire, ficando logo atrás do senador Bob Dole.

CLOUT
poder – influência – peso político

 Além de significar golpe potente desferido com o punho, o substantivo "clout" também quer dizer rebatida forte no jogo de beisebol. Em outros contextos, principalmente no meio político, esse termo é sinônimo de poder, peso ou influência.

- The company has a lot of **clout** despite having less than 10% of the global IT market.
- A empresa tem muita influência, embora detenha menos de 10% do mercado global de tecnologia da informação.
- In the past, equality issues have often been sidelined and responsibility handed to small policy teams full of enthusiasm and ideas, but no political **clout**. *("Scotland must do more in battle for equality" – Mark Irvine – The Guardian – January 11, 2001)*
- No passado, as questões relativas a igualdade eram quase sempre deixadas de lado e a responsabilidade passada para pequenas equipes de legisladores cheios de entusiasmo e idéias, mas sem peso político.
- Very often nuclear waste facilities are located in places where the local population lacks political **clout**.
- Os depósitos de resíduos nucleares estão geralmente localizados em áreas cuja população não possui peso político.

COME OUT OF LEFT FIELD

ser uma surpresa geral – ser surpreendido – ser pego no contrapé (inf.)

O "left field" é uma área afastada do centro do campo, assim como o "center field" e o "right field". As jogadas principais durante uma partida de beisebol costumam ocorrer na área central e interna, também chamada de "infield". Conseqüentemente, a expressão "to come out of left field" é utilizada para descrever evento surpreendente ou situação completamente inesperada.

◆ Many people believe that the ideas that **come out of left field** are often the ones that work the best.

◆ Muitas pessoas acreditam que as idéias imprevisíveis são as que mais freqüentemente dão certo.

◆ The CFO does not believe the deal was foreseeable. I also think it totally **came out of left field**.

◆ O diretor financeiro acha que era impossível prever o acordo. Também acho que foi uma surpresa geral.

◆ He said changes proposed to rules on double taxation **came "totally out of left field"**. *("MULTINATIONALS: Overseas tax criticised" – Michael Peel, David Ibison and Charles Pretzlik – Financial Times – 2000)*

◆ Ele afirmou que a proposta de mudança na bitributação foi "realmente uma surpresa geral".

COME OUT WINNERS

consagrar-se – ser vencedor – sair ganhando – ter sucesso – ser campeão – sair-se bem – se dar bem (inf.)

A premiação é o ponto culminante de qualquer competição esportiva, e todos, evidentemente, buscam a vitória. É nesse momento que os esforços envidados pelos competidores são recompensados, e aqueles que não obtiveram êxito, embora sintam o gosto amargo da derrota, gozam da satisfação de terem se empenhado ao máximo. Por analogia, usa-se essa expressão em praticamente todas as atividades humanas.

◆ Specialists believe that when parents jump into math with enthusiasm, their children can **come out winners**.

◆ Os especialistas acreditam que, quando os pais participam ativamente do estudo da matemática, seus filhos podem se sair muito bem.

◆ Even if a cost-benefit analysis of going to war was to show a loss, specific sectors of the economy can still **come out winners** – aerospace and military technology being the most obvious. *("War: who is it good for?" – Faisal Islam – The Observer – August 11, 2002)*

◆ Mesmo se a análise da relação custo-benefício da guerra indicasse prejuízo, setores específicos da economia poderiam se beneficiar – os mais óbvios são as tecnologias militar e aeroespacial.

◆ Specialists say that selling is much more pleasant when both the seller and the buyer **come out winners**.

◆ Os especialistas afirmam que vender é muito mais agradável quando vendedor e comprador saem ganhando.

COVER ALL THE BASES

cuidar de todos os pormenores – ser atento – cuidar de tudo – dar boa cobertura

Essa expressão é usada no mundo dos negócios para descrever pessoas ou empresas que levam em conta todos os aspectos relevantes para o bom desenvolvimento de uma atividade. Essa analogia tem a sua origem no campo de beisebol, em que a defesa toma todas as precauções necessárias para guardar todas as bases do campo.

◆ She can do this by buying individual stocks, but frankly, with just $25,000 to invest, I think she's much better off in mutual funds. She can easily put together a portfolio of four to six funds that will **cover all the bases**. *("Mom wants to play the stocks" – Walter Updegrave – CNN – July 26, 2002)*

◆ Ela pode fazer isso comprando ações separadamente, mas, com toda a sinceridade, tendo apenas 25 mil dólares para investir, seria muito melhor se ela optasse por fundos mútuos. Facilmente, ela pode montar uma carteira com quatro ou seis fundos que darão uma boa cobertura.

◆ Our team of skilled professionals **cover all the bases** from strength and conditioning, performance enhancement, injury prevention, and treatment and rehabilitation.

◆ Nossa equipe de experientes profissionais cuida de tudo, desde força e condicionamento até melhoria de desempenho e prevenção de lesões, além de tratamento e reabilitação.

◆ We've **covered all the bases** to make sure our customers are satisfied.

◆ Cuidamos de todos os pormenores para termos certeza de que nossos clientes se sintam satisfeitos.

CROSS THE FINISH LINE
cruzar a linha de chegada

 "Cruzar a linha de chegada" é expressão usada em diversos esportes e simboliza o fim da prova. Em outros contextos, ela representa o fim da atividade, projeto, trabalho, etc.

- For several years, many states have been trying to pass legislation to allow teachers to retire after 20 years of service. California **crossed the finish line** first when its governor signed the bill on September 10.
- Durante muitos anos, diversos Estados tentaram aprovar legislação que concedesse aos professores a aposentadoria depois de 20 anos de trabalho. A Califórnia foi o primeiro Estado a cruzar a linha de chegada quando seu governador aprovou projeto de lei no dia 10 de setembro.
- The 1998 American Farm Bureau Convention is over. We have **crossed the finish line** as winners and headed home with trophies, policy directives and memories. *("1998 Virtual Convention" – American Farm Bureau – 1998)*
- A Convenção do "American Farm Bureau" está encerrada. Cruzamos a linha de chegada em primeiro lugar e estamos indo para casa com troféus, diretrizes políticas e lembranças.
- We'll know we've essentially **crossed the finish line** when we manage to complete the final report.
- Saberemos que cruzamos a linha de chegada quando conseguirmos completar o relatório final.

DARK HORSE
azarão – zebra

Essa expressão é usada no turfe para nos referirmos a um cavalo desconhecido dos apostadores pelo fato de as informações relevantes a seu respeito serem mantidas em sigilo ("in the dark"). Na política, "dark horse" é sinônimo de candidato que não é favorito, embora possa surpreender na fase final de uma campanha eleitoral. Em outros contextos, faz-se o mesmo tipo de analogia.

◆ The book describes the life of this **dark horse** who won the GOP nomination for governor of California.
◆ O livro conta a vida deste candidato azarão que foi indicado pelo Partido Republicano para disputar a eleição para governador na Califórnia.
◆ James Polk, the 11th President of the United States, is often considered the first "**dark horse**" because no one counted on him to become president in the 1844 election.
◆ James Polk, o 11º presidente dos Estados Unidos, é geralmente considerado o primeiro candidato azarão porque não se esperava que vencesse a eleição de 1844.
◆ There are already any number of whispers about William Hague's prospects after the poll, with names like Michael Portillo, Ken Clarke, Ann Widdicombe and **dark horse** David Davis being mentioned as his potential successor. *("Crunch time for leaders" – Nick Assinder – BBC News Online – May 8, 2001)*
◆ Já há uma série de rumores sobre os candidatos ao posto de William Hague. Os nomes de Michael Portillo, Ken Clarke, Ann Widdicombe e do azarão David Davis são citados como potenciais sucessores.

DELIVER A HEAVY PUNCH
DELIVER A KNOCKOUT PUNCH

aplicar um golpe duro – acertar em cheio – impor duro castigo – atingir gravemente

No boxe, a expressão "deliver a heavy punch" é usada para descrever os golpes potentes desferidos pelo lutador. O boxeador que possui essa característica é denominado "pegador". Em outras áreas, a expressão é usada para designar um golpe duro, um castigo impiedoso, uma punição rigorosa, etc.

◆ The storm is **delivering a heavy punch** to the coastal areas throughout the state.

◆ A tempestade está castigando impiedosamente as áreas litorâneas em todo o Estado.

◆ Seriously behind in points, Bill Bradley needed to **deliver a knockout punch** in Wednesday night's debate, the type of blow that would draw the headlines that have eluded his candidacy since the primary season began in late January. *("Does gentle debate mean Bradley is bowing out?" – Michael Eskenazi – Time – March 2, 2000)*

◆ Bem atrás nas pesquisas, Bill Bradley precisava acertar em cheio seu oponente no debate de quarta-feira à noite, um tipo de golpe que o fizesse voltar às manchetes, fato que não ocorre desde o início das primárias no fim de janeiro.

◆ While the strikes met Pentagon expectations for destroying the Al Qaeda network, sources say U.S. officials were hoping to **deliver even more of a knockout punch** to Osama Bin Laden and his followers.

◆ Apesar de o Pentágono estar satisfeito com os ataques, por terem destruído a rede da Al Qaeda, algumas fontes afirmam que as autoridades do governo americano esperavam aplicar um golpe mais duro em Osama Bin Laden e seus seguidores.

DESIGNATED DRIVER
assumir o volante – motorista oficial – alguém que dirija por você

No beisebol, todos os jogadores de defesa são obrigados a também atuar quando sua equipe está na posição de ataque. Em outras palavras, todos terão a sua vez de jogar na posição de rebatedor, exceto nas partidas da Liga Americana, uma das duas divisões do beisebol profissional. Nos estádios das equipes pertencentes a esta liga, entra em cena o "designated hitter", jogador que entra em campo somente para substituir o arremessador ("pitcher") quando este teria que jogar na equipe de ataque. Nas partidas da Liga Nacional, entretanto, os arremessadores também atuam no ataque como qualquer outro jogador.

Na tentativa de reduzir os índices de acidentes causados por motoristas embriagados, muitas comunidades americanas têm implantado o programa "designated driver". Esse programa visa conscientizar os motoristas, principalmente os jovens que saem em grupos, a escolherem uma pessoa da turma que deverá ficar sóbria e se responsabilizar pela condução do veículo no fim da noite. Nessa campanha, voluntários se colocam à disposição para dar carona ou até dirigir o carro de quem comete excessos no consumo de álcool.

- Traffic-related crashes can cost an estimated $55 billion to employers each year in direct costs, lost time and workers' compensation. This is the reason why employers are now supporting employees' use of **Designated Drivers** programs.
- Estima-se que os acidentes de trânsito podem custar cerca de 55 bilhões de dólares por ano aos empregadores sob a forma de custos diretos, tempo perdido e salários pagos durante o afastamento. É por esse motivo que as empresas estão agora apoiando a adoção de programas do tipo "Motorista Oficial".

- If you know you're going to consume an abundance of alcohol, you need to make plans ahead of time to either have a cab or a friend come pick you up or carry a **designated driver**. *("Personal breathalyzers: Worth the blow?" – CNN – March 14, 2002)*
- Se você sabe que irá consumir muito álcool, você precisa, com antecedência, arranjar um táxi ou um amigo que venha apanhá-lo ou ter alguém que dirija por você.

DIFFERENT BALL GAME

ser diferente – situação diferente – ser outra história – são outros quinhentos

O substantivo "ball game" pode significar qualquer jogo praticado com uma bola. Contudo, essa expressão é associada com muita freqüência ao beisebol. Há também as seguintes acepções: competição, situação, condição ou conjuntura. Geralmente, a expressão "ball game" é precedida do adjetivo "different". Nesses casos, podemos traduzi-la por "é outra história" ou "aí são outros quinhentos". cf. A (WHOLE) NEW BALL GAME, IT'S BACK TO THE OL' (OLD) BALL GAME.

◆ Company executives have to consider what the consumer really wants, as business today is a **different ball game**.

◆ Os executivos são obrigados a levar em conta aquilo que o consumidor realmente quer porque no mundo dos negócios de hoje a conjuntura é diferente.

◆ "I used to do trade shows, so as a vehicle for selling trade it's great," Cason told representatives of the Kentucky Department of Agriculture. Still, he warned, "Credit is a **different ball game**. They [Cuba] have the poorest credit in the world." *("U.S. official dampens trade-show enthusiasm with talk of Cuban credit" – Nancy San Martin – Miami Herald – September 29, 2002)*

◆ "Eu costumava trabalhar com feiras, portanto como veículo para incentivar o comércio é fantástico", Cason afirmou a representantes da Secretaria de Agricultura de Kentucky. Entretanto, ele alerta: "O crédito é uma outra história. Eles [Cuba] têm o pior crédito do mundo".

◆ Employees with company shares are, indeed, in a **different ball game** altogether and much more attention should be paid to them.

◆ Funcionários que detêm ações da empresa estão, na realidade, em uma situação completamente diferente, e mais atenção deveria ser dada a eles.

DIVE HEADFIRST

entrar de cabeça – mergulhar de cabeça – ir com tudo (inf.)

Essa expressão é usada para nos referirmos ao nadador que entra na piscina sem verificar a temperatura da água. Por analogia, a frase é empregada para descrever qualquer situação em que alguém toma atitude impulsiva sem pensar nas conseqüências de seu ato ou que inicia atividade sem hesitação. cf. DIVE IN, DIVE RIGHT IN, GET ONE'S FEET WET, TEST THE WATER.

◆ A new wave of Russian-speaking immigrants has quietly settled into suburbs, small towns and cities throughout America. They are **diving headfirst** into capitalism, driving new cars, buying homes, going to shopping malls and raising children who prefer English over their native language. *("Living the Russian-American dream" – CNN – 2001)*

◆ Uma nova onda de imigrantes russos vem se estabelecendo pacificamente nos subúrbios, nas pequenas e grandes cidades em todo o território americano. Estão mergulhando de cabeça no capitalismo; comprando carros novos, casas e apartamentos; freqüentando os shoppings e criando filhos que preferem inglês à sua língua materna.

◆ Before you **dive headfirst** into a new business venture, you must have a clear understanding of what's at stake.

◆ Antes de entrar de cabeça em um novo negócio, você deve entender muito bem o que está em jogo.

◆ Now you understand why the last presidential election was so hard fought... we knew something like this was coming. Don't assume we aren't aware of how the government is **diving headfirst** into corporate pockets... but that's nothing new. *("US energy plan: Will it work?" – BBC News – May 25, 2001)*

◆ Agora você entende por que a última eleição presidencial foi tão disputada... sabíamos que algo do gênero iria acontecer. Não pense que não estamos cientes de que o governo está indo com tudo no bolso das empresas... mas isso não é novidade para ninguém.

DIVE (RIGHT) IN

mergulhar de cabeça – entrar de cabeça – ir com tudo (inf.)

Usamos as expressões "dive in" e "dive right in" para nos referirmos ao nadador que entra na piscina sem verificar a temperatura da água. Por analogia, elas são também empregadas para descrever situação em que alguém toma atitude impulsiva sem pensar nas conseqüências de seu ato ou inicia atividade sem hesitação. cf. DIVE HEADFIRST, GET ONE'S FEET WET, TEST THE WATER.

◆ Some analysts say that when the market goes down, you don't bail out, you **dive right in**.

◆ Alguns analistas dizem que, quando o mercado está em baixa, você não deve fugir da raia, você deve entrar de cabeça.

◆ Computers are usually the section of stores I avoid with great pleasure, but this time I decided to **dive right in**.

◆ Costumo passar longe da seção de computadores nas lojas, mas desta vez resolvi mergulhar de cabeça.

◆ Map out your schedule and objectives at least one day in advance. You'll **dive right in** when you arrive at work, instead of wondering what you're supposed to do. *("Trim your overworked day" – Denise Kersten – USA Today – August 15, 2002)*

◆ Defina programação e objetivos com pelo menos um dia de antecedência. Assim, você mergulha de cabeça quando chega ao trabalho, em vez de ficar pensando no que você deve fazer.

DO A BELLY FLOP
comer barriga – dar barrigada (natação) – pisar na bola – dar mancada – despencar – deixar na mão

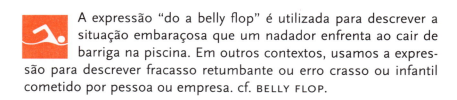

A expressão "do a belly flop" é utilizada para descrever a situação embaraçosa que um nadador enfrenta ao cair de barriga na piscina. Em outros contextos, usamos a expressão para descrever fracasso retumbante ou erro crasso ou infantil cometido por pessoa ou empresa. cf. BELLY FLOP.

◆ After soaring higher earlier in the week, most stocks **did a belly flop** on Friday.
◆ Depois de apresentarem alta significativa no início da semana, a maioria das ações despencou na sexta.
◆ Then again, that's what many said last April when the tech bear **did its first belly flop**. *("Net Stocks: No Salvation From Capitulation" – David Simons – Forbes.com – March 15, 2001)*
◆ De novo, foi o que muitos disseram em abril passado quando as ações de tecnologia, que já apresentavam uma tendência de queda, despencaram pela primeira vez.
◆ It was unbearably hot in the office and the air conditioner just **did a belly flop**.
◆ Estava insuportavelmente quente no escritório e o ar-condicionado nos deixou na mão.

DO AN END-RUN
END-RUN (v.)

*iludir – burlar (o sistema) – lograr – tapear – passar a perna (inf.) –
mexer os pauzinhos (inf.) – dar um jeitinho (inf.)*

"End-run" é uma jogada do futebol americano em que o atacante tenta dar a volta e passar por trás da linha de defesa da equipe adversária. Fora do contexto desse esporte, a expressão "to do an end-run" é usada praticamente no mesmo sentido, ou seja, adotar uma tática em que os obstáculos são removidos muitas vezes por meio de astúcia ou fraude.

◆ Microsoft may be trying to **do an end-run** around arch rival Palm Computing with the new Pocket PC it unveiled last week. *("Pocket PC looks to exploit new markets" – John Cox – CNN – April 28, 2000)*

◆ A Microsoft talvez esteja tentando passar a perna em sua arquirival Palm Computing com o lançamento, na semana passada, de seu novo computador de bolso.

◆ The Senate ruling is an attempt to **do an end-run** around our Constitutional rights of privacy.

◆ A decisão do Senado foi uma tentativa de burlar os nossos direitos constitucionais à privacidade.

◆ Investors in the company's 401(k) plan were not allowed to sell their stock when word came out that the company stock was headed for the bottom. However, some company officials **did an end-run** and dumped about $200 million of their own stock holdings.

◆ Os investidores do fundo de pensão 401(k) da empresa foram proibidos de vender suas ações quando foi divulgado que as ações da companhia iriam cair vertiginosamente. Entretanto, alguns altos funcionários burlaram a legislação e desovaram cerca de 200 milhões de dólares de suas próprias carteiras de ações.

DOUBLE PLAY

matar dois coelhos de uma só cajadada – jogo duplo

A expressão "double play" é usada no beisebol quando a equipe que está na defesa consegue eliminar dois adversários em uma só jogada. Geralmente, esse lance ocorre quando há uma rebatida para o "infield" e a defesa recupera a bola rapidamente. Por exemplo, se o segunda base recupera essa bola, ele elimina o corredor que avançava da primeira para a segunda base e lança a bola para seu companheiro, o primeira base, que elimina o rebatedor que se encaminhava do "home plate" para a primeira base. Em outros contextos, a expressão "double play" pode ter dois significados distintos: solucionar dois problemas com um só procedimento ou "jogo duplo", expressão geralmente aplicada no meio político que implica atividade ilícita ou condenável.

- The Senate passed two pieces of legislation Wednesday and The American Association for Cancer Research congratulated politicians for completing **double play** of life-saving measures.
- O Senado aprovou duas medidas legislativas na quarta-feira e a Associação Americana para a Pesquisa de Câncer parabenizou os políticos por terem conseguido essa dupla vitória aprovando medidas que salvarão a vida de muitas pessoas.
- In early August, hedge funds had sold index-linked futures contracts while attacking the Hong Kong dollar in a bid to force interest rates up. That would have depressed the stock market, leaving the speculators with fat profits from selling the Hang Seng before it fell. But Financial Secretary Donald Tsang Yam-kuen had seen that **double play** before in October 1997. *("A new course" – Ricardo Saludo – Asiaweek.com – 2002)*
- No início de agosto, os fundos "hedge" haviam vendido contratos a futuro indexados enquanto atacavam o dólar de Hong Kong na tentativa de forçar aumento da taxa de juros. Haveria, portanto, uma queda no mercado acionário, fazendo com que os especuladores conseguissem lucros extraordinários por vender seus títulos antes que o índice Hang Seng caísse. Contudo, o secretário de Finanças Donald Tsang Yam-kuen já tinha visto esse jogo duplo em outubro de 1997.

DOWN AND OUT

pobre – sem um tostão – na miséria – na pior (inf.) – na lona (inf.) – na rua da amargura (inf.)

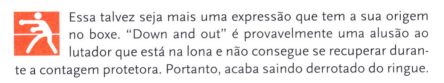 Essa talvez seja mais uma expressão que tem a sua origem no boxe. "Down and out" é provavelmente uma alusão ao lutador que está na lona e não consegue se recuperar durante a contagem protetora. Portanto, acaba saindo derrotado do ringue.

- The Internet meltdown has lots of up-and-comers **down and out**. *("Less Room at the Top for Net CEOs" – Jennifer Gill – Business Week – December 27, 2000)*
- O colapso da Internet fez com que jovens promessas ficassem na rua da amargura.
- When a nation is **down and out**, the IMF squeezes the last drop of blood out of them. *("IMF's four steps to damnation" – Gregory Palast – The Guardian – April 29, 2001)*
- Quando um país está na miséria, o FMI vem e suga até a última gota de sangue.
- The Tories may have been **down and out** for the last two elections, but they still understand the power of the wallet. *("Appealing to the voter's wallet" – Sarah Toyne – BBC News Online – October 9, 2002)*
- O Partido Conservador pode até ter tido fraco desempenho nas duas últimas eleições, mas ele ainda conhece o poder do bolso do contribuinte.

DOWN FOR THE COUNT
derrotado – acabado – sem saída

Essa expressão faz alusão ao lutador de boxe que foi derrubado por seu oponente e que não conseguiu se recuperar antes de o árbitro terminar a contagem protetora. Conseqüentemente, seu adversário é declarado vencedor da luta. O mesmo sentido é empregado no mundo dos negócios para descrever situação de dificuldade enfrentada por uma empresa, pelo mercado acionário, pela economia de um país ou região.

◆ While Mr Levy has painted a rather bleak economic picture, others are not quite so quick to call the recovery **down for the count**. *("Stock fall fuels recession concern" – David Schepp – BBC News Online – October 9, 2002)*

◆ Se, por um lado, o Sr. Levy tem uma visão bastante pessimista sobre a conjuntura econômica, outros, no entanto, são mais cautelosos e ainda não afirmam que a recuperação está encerrada.

◆ Napster isn't **down for the count** yet. *("Sold on a Digital Music Dream" – Jack Ewing – Business Week – April 16, 2001)*

◆ A Napster ainda não está acabada.

◆ It didn't take a Ph.D. in economics to figure out that things were looking pretty grim for the U.S. economy at the end of 2000. The stock market was **down for the count.** Pink slips seemed to be piling up. *("Will the Fed lifeline last?" – M. Corey Goldman – CNN – January 4, 2001)*

◆ Não é necessário ser Ph.D. em economia para perceber que as coisas estavam bem complicadas para a economia americana no fim de 2000. O mercado acionário estava paralisado. O número de demissões crescendo sem parar.

DOWN TO THE WIRE

em cima da hora – na última hora – no último minuto

O substantivo "wire" significa, em inglês, disco final ou espelho, o equivalente à linha de chegada nas corridas de cavalo. Por analogia, usa-se essa expressão para representar uma situação em que um determinado prazo está prestes a se esgotar.

◆ The hot competition for the trophy Delmonico Hotel on Manhattan's Park Avenue is getting **down to the wire**, with bids expected at around $115 million and a winner scheduled to be chosen in less than two weeks. *("Tenants Take Advantage Of Bay Area Rent Free-Fall" – Peter Grant – The Wall Street Journal – November 21, 2001)*

◆ A concorrência acirrada pela compra do espetacular Hotel Delmonico, situado na Park Avenue, em Manhattan, só será decidida na última hora. Os lances devem chegar a 115 milhões de dólares e o vencedor deve ser anunciado em menos de 15 dias.

◆ Use express mail if you're really **down to the wire**.

◆ Mande a correspondência por Sedex se o prazo de entrega estiver muito apertado.

◆ The Senate committee is **down to the wire** with the bill to ban tobacco advertising and smoking in the workplace.

◆ O prazo está se esgotando para a comissão do Senado entregar o projeto de lei que proíbe a publicidade de cigarros e o fumo no local de trabalho.

DROP THE BALL
pisar na bola – dar uma bola fora – deixar a peteca cair (inf.)

Quando ocorre uma rebatida para o alto, também chamada de "bola voadora" ("fly ball") durante uma partida de beisebol, os jogadores da equipe adversária devem recuperar a bola agarrando-a sem deixá-la cair no chão. Dessa maneira, conseguem eliminar o rebatedor, privando-o da possibilidade de marcar pontos. Se, por outro lado, este jogador de defesa deixa a bola cair, concede uma vantagem à equipe que está na ofensiva que pode, conseqüentemente, vir a anotar pontos. No futebol americano, deixar a bola cair é também considerado falha grave. cf. FUMBLE. Em outros contextos, a expressão quer dizer não cumprir com as obrigações, não assumir responsabilidade, fracassar, etc.

◆ Some analysts believe O.J. Simpson defense attorneys **dropped the ball** in their effort to use a series of taped interviews to try to discredit the testimony of Los Angeles police detective Mark Fuhrman.

◆ Alguns analistas acreditam que os advogados de defesa de O.J. Simpson pisaram na bola quando tentaram usar uma série de entrevistas gravadas no intuito de denegrir o depoimento do policial de Los Angeles Mark Fuhrman.

◆ "A lot of the brokers [facing claims] today don't look shady. They're probably very nice people, but they **dropped the ball**." *("Change in brokers' role boosts complaints" – Janet Kidd Stewart – Chicago Tribune – October 7, 2002)*

◆ "Muitos dos corretores [alvo de reclamações] hoje não são desonestos. Talvez sejam pessoas íntegras mas que pisaram na bola."

◆ All I know is that the FBI has admitted that somehow they **dropped the ball** and didn't turn over all the evidence. *("Roger Cossack: McVeigh motion for execution delay" – CNN – May 31, 2001)*

◆ Tudo que sei é que o FBI admitiu que de alguma forma pisou na bola e não apresentou todas as provas.

DROWNING IN SOMETHING (TO BE)

muito ocupado – atolado (de trabalho) – estar no sufoco (inf.) – estar (cheio de / com) trabalho até o pescoço

Se alguém que não sabe nadar entra no mar ou em uma piscina funda corre o sério risco de se afogar. Usa-se essa analogia para descrever uma situação em que uma pessoa se encontra tão atarefada que mal consegue "respirar", ou alguém imerso em documentos, trabalho, livros, etc.

◆ How will my boss know that I am **drowning in work** if there is not a lot of paper on my desk?

◆ Como o meu chefe vai saber que estou atolado de trabalho se não houver um monte de papel sobre a minha mesa?

◆ Many employees have been complaining that they are **drowning in work** and that HR should do something about it.

◆ Muitos funcionários têm reclamado que estão atolados de trabalho e que o RH deveria tomar uma providência.

◆ The country is in its fourth year of recession and suffering 18% unemployment, a record. Argentina also is **drowning in $132 billion of debt**. A default, thought inevitable by many analysts, would be the biggest ever. *("Argentine president quits amid civil chaos" – James Cox and Sibylla Brodzinsky – USA TODAY – December 21, 2001)*

◆ O país enfrenta uma recessão pelo quarto ano consecutivo e sofre com um índice de desemprego de 18%, um recorde. A Argentina está atolada em uma dívida de 132 bilhões de dólares. Uma moratória, embora inevitável na opinião de muitos analistas, seria a maior da história.

EVERY MAN FOR HIMSELF

cada um por si – cada um na sua

Nos navios de guerra, existe a tradição que determina que cada marinheiro deve cuidar de si próprio e fazer de tudo para não colocar a sua vida e a de seus companheiros em perigo. O mesmo princípio se aplica aos esportes náuticos. A analogia também é adotada no mundo dos negócios e pode ter a conotação de individualismo.

◆ Recent studies challenge the business philosophy of **every man for himself**.

◆ Recentes pesquisas questionam a filosofia empresarial do cada um por si.

◆ "Those who fear freedom sometimes argue it could lead to chaos, but it does not, because freedom means more than **every man for himself**." President Bush, in Beijing. *("Bush Back Home After Asia Tour" – CBS News – February 22, 2002)*

◆ "Aqueles que temem a liberdade usam geralmente o argumento de que ela pode gerar o caos, mas isso não é verdade, porque a liberdade é muito mais do que cada um por si." Presidente Bush, em Pequim.

◆ Whenever there is an **every man for himself** kind of attitude, there seems to be a lack of organization in the community.

◆ Sempre que houver uma postura individualista, tem-se a impressão de que há falta de organização na comunidade.

FACE OFF (v.) / FACE-OFF (n.)

enfrentar, encarar (v.) – confronto, embate (n.)

A partida de hóquei sobre o gelo é reiniciada quando o árbitro arremessa o disco ("puck") entre dois adversários. Esse lance pode ser comparado com o "bola ao chão" do futebol ou com o "bola ao alto" do basquete. Trata-se, portanto, da forma em que a bola (ou disco) é recolocada em jogo após paralisação da partida. Em outros contextos, a expressão denota confronto ou embate em que dois adversários se deparam frente a frente. Observe nos exemplos abaixo que ela pode ser empregada como verbo ou substantivo.

- ◆ The two candidates running for governor **face off** in the first debate of the 2002 political season.
- ◆ Os dois candidatos a governador se enfrentam no primeiro debate da campanha eleitoral de 2002.
- ◆ The India-Pakistan **face-off** is causing worries about the possibility of nuclear war.
- ◆ O confronto indo-paquistanês está causando preocupação acerca da possibilidade de guerra nuclear.
- ◆ The two militias **face off** across a fortified line that splits the enclave, with slightly over half of the enclave's 3.5 million people living in Barzani's area. *("Sowing Iraqi Opposition" – CBS News – January 15, 2001)*
- ◆ As duas milícias se enfrentam ao longo de uma linha fortificada que divide o encrave sendo que um pouco mais da metade dos 3,5 milhões de habitantes vivem na região de Barzani.

FAIR PLAY
jogo limpo – espírito esportivo – lisura – "fair play"

Essa expressão é adotada em diversas modalidades esportivas, mais notadamente no mundo do futebol depois que a Fifa passou a tentar coibir mais energicamente as jogadas violentas desse esporte. Por conseguinte, a analogia é empregada em outras situações em que o espírito de equipe e o companheirismo devem ser enaltecidos. cf. PLAY BY THE RULES, PLAY FAIR.

◆ Our company is guided by fundamental principles and values, by legislation and national and international trade agreements in order to guarantee **fair play** in all business practices.

◆ A nossa empresa segue os princípios e valores fundamentais, a legislação, os acordos comerciais nacionais e internacionais para garantir a lisura em todas as suas práticas comerciais.

◆ Because of this, the Bush camp looked like it was interested only in winning, even if it meant ignoring legitimate votes. This violates the American sense of **fair play**. It does not sit well with the public. *("Not so fast" – Boston Globe editorial – Boston Globe – November 18, 2000)*

◆ Devido a esse fato, o lado de Bush deu mostras de que só estava interessado na vitória, mesmo se fosse necessário ignorar votos legítimos. Essa é uma violação do conceito americano de lisura. Não fica bem com a opinião pública.

◆ Regulatory agencies are needed to ensure **fair play** in the real estate market.

◆ Os órgãos reguladores são necessários para garantir a lisura no mercado imobiliário.

FAST TRACK (n. & adj.)
FAST LANE

estar com tudo – subir rápido – ser promovido rapidamente – estar com a bola toda – via rápida

A expressão "fast track" descreve uma situação que envolve competição, muita pressão e sucesso rápido. Ela se refere, originalmente, às pistas mais rígidas e secas que permitem aos cavalos imprimir velocidade maior durante os páreos. Também chamada de raia leve.

◆ My cousin is an accountant but he is looking for a **fast track** investment banking job.

◆ O meu primo é contador, mas ele está procurando um emprego num banco de investimentos para subir rápido.

◆ The new trainee seems to be on the **fast track** to stardom. The boss really likes him.

◆ O novo trainee parece estar com a bola toda. O chefe gosta mesmo dele.

◆ During his two terms, Bill Clinton couldn't persuade Congress to give him **fast-track** trade authority. *("Primed for Fast-Track and Raring to Go" – Paul Magnusson – Business Week – December 24, 2001)*

◆ Durante seus dois mandatos, Bill Clinton não conseguiu convencer o Congresso a lhe conceder autoridade para negociar pela via rápida.

FIELD
improvisar (respostas ou soluções) – ter jogo de cintura

No beisebol, o verbo "to field" significa apanhar a bola que foi rebatida e, geralmente, arremessá-la para um companheiro de equipe. O mesmo verbo é usado com o sentido de "atender um telefonema ou solicitação". cf. FIELD A CALL. Ele também pode ser usado com o significado de dar respostas ou soluções sem preparação prévia.

◆ Would you be willing to **field** questions on production engineering after your presentation?

◆ O Sr. responderia algumas perguntas sobre engenharia de produção após a sua apresentação?

◆ At the close of the day, Law appeared at a news conference to **field** questions on Iraq. *("US bishops OK revised policy on sex abuse" – Michael Paulson – The Boston Globe – November 14, 2002)*

◆ No fim do dia, Law participou de uma coletiva de imprensa para responder perguntas sobre o Iraque.

◆ Executives from both companies **fielded** questions about the merger at a press conference held this morning.

◆ Executivos das duas empresas responderam às perguntas sobre a fusão durante coletiva de imprensa realizada nesta manhã.

FIELD A CALL
atender o telefone

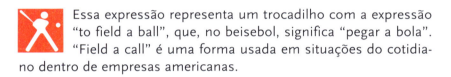

Essa expressão representa um trocadilho com a expressão "to field a ball", que, no beisebol, significa "pegar a bola". "Field a call" é uma forma usada em situações do cotidiano dentro de empresas americanas.

- Any supervisor can **field a call** and monitor a conversation taking place anywhere in the call center.
- Qualquer supervisor pode atender uma ligação e monitorar uma conversa que esteja ocorrendo em qualquer ponto da central telefônica de atendimento.
- For Americans working in Japan, the hours people here put in can be a shock. An American executive for a defense contractor marveled recently at how his Japanese employees routinely stayed late to **field calls** and complete work. *("Japan Eases Its Killer Work Ethic" – Sandy Sugawara – Washington Post – April 29, 1997)*
- Para os americanos que trabalham no Japão, o número de horas que as pessoas trabalham pode ser um verdadeiro choque. Um executivo americano que trabalha para uma empresa que presta serviços para o Ministério da Defesa ficou impressionado com o fato de seus funcionários japoneses trabalharem freqüentemente até mais tarde para atender ligações e terminar o trabalho.
- One of the operators said she **fielded calls** all day from people wanting to know more about the new product.
- Uma das telefonistas disse que atendeu, durante todo o dia, ligações de pessoas que queriam obter mais informações sobre o novo produto.

FIRST OUT OF THE GATE (TO BE)
sair na frente – largar na frente – pular na frente – arrancar primeiro

No turfe, essa expressão se refere àquele cavalo que larga na frente. Esse animal é chamado de "ponto de partida" no jargão turfístico. Em outros contextos, ela pode ser usada para designar a primeira pessoa que dá início a uma atividade ou projeto.

- Besides the obvious advantage of **being the first out of the gate**, it's hard to predict whether this new line of products will produce more profit for the company.
- Além da vantagem evidente de ser o primeiro a chegar no mercado, é difícil prever se essa nova linha de produtos será mais rentável para a empresa.
- BankBoston **was first out of the gate** when it introduced this type of investment about two years ago.
- O BankBoston saiu na frente quando lançou este tipo de investimento há cerca de dois anos.
- For all their advantages of **being first out of the gate**, Net companies have to deal with hefty investments and acquiring new skills in managing inventory, distribution, and warehouses. *("The Great Yuletide Shakeout" – Heather Green – Business Week – November 1, 1999)*
- Apesar de todas as vantagens de saírem na frente, as empresas de Internet precisam conviver com enormes investimentos e aprender a administrar estoque, distribuição e depósitos.

FOUL OUT

levar cartão vermelho – estourar o limite de faltas – ser eliminado – pisar na bola – ser rejeitado

 No basquete há um limite máximo de faltas individuais que os jogadores não podem exceder. Na NBA (National Basketball Association), a liga profissional norte-americana, o atleta que cometer seis faltas será desclassificado da partida. Nas competições organizadas pela Fiba (Federação Internacional de Basquete), ao cometer a quinta infração o jogador será retirado do jogo. A analogia é utilizada em outras situações da vida cotidiana, nos países de língua inglesa, com o mesmo sentido de expulsão, exclusão, desclassificação, fracasso, etc.

- I couldn't believe what he was doing. One sentence out of his mouth, and he'd already **fouled out** in front of the boss.
- Não pude acreditar no que ele estava fazendo. Na primeira frase que disse, ele já conseguiu dar uma tremenda pisada na bola diante do chefe.
- Some websites **foul out** due to a sheer lack of quality content.
- Alguns sites ganham o cartão vermelho por pura falta de conteúdo de qualidade.
- In Massachusetts, the most prominent Kennedy hopefuls had **fouled out** in previous election cycles. *("Kerry's Kennedy problem" – Scot Lehigh – The Boston Globe – November 22, 2002)*
- Em Massachusetts, os candidatos mais proeminentes da família Kennedy foram rejeitados em eleições anteriores.

FULL-COURT PRESS

pressão quadra toda – pressão total – marcação cerrada – empenho absoluto

A pressão quadra toda, como o próprio nome já diz, é uma estratégia de defesa em que a marcação começa a partir da saída de bola da equipe adversária. Geralmente um ou dois jogadores tentam roubar a bola no campo de ataque enquanto o restante da equipe exerce marcação homem-a-homem na defesa. Fora desse contexto esportivo, a mesma expressão é empregada para designar um esforço diversificado e intenso.

◆ We decided to mount an aggressive press release campaign in tandem with a one-on-one phone campaign to our network of brokers – a **full-court press**. *("Case Study 2: Conolog Corp." – The Silicon Investor – May 20, 2002)*

◆ Decidimos criar uma intensa campanha de mídia combinada com conversas telefônicas com cada um dos corretores de nossa rede – marcação cerrada mesmo.

◆ It's not easy to find and retain talent for any organization in today's world. It is a task that requires creativity and **full-court press**.

◆ No mundo de hoje, não é fácil para nenhuma organização encontrar e reter profissionais talentosos. Essa é uma tarefa que requer criatividade e empenho absoluto.

◆ We can help you devise a **full-court press** public relations plan that will include print articles, radio and television interviews, press conferences etc.

◆ Podemos ajudá-lo a desenvolver um plano completo de relações públicas que inclui artigos na mídia impressa, entrevistas no rádio e na TV, coletivas de imprensa, etc.

FUMBLE (v. & n.)

pisar na bola – dar uma bola fora – deixar cair a peteca

Chama-se "fumble" o erro cometido pelo jogador de futebol americano que deixa a bola cair de suas mãos. Se este jogador for derrubado por um adversário, o "fumble" só ocorre quando ele perde o controle da bola antes de tocar um joelho no chão. Observe que a palavra "fumble" pode ser usada tanto como verbo quanto como substantivo. cf. DROP THE BALL. Em outras situações, pode significar cometer um erro (infantil), enganar-se, atrapalhar-se.

◆ There are many clear examples that the government **fumbled** several times on this issue.

◆ Há inúmeros exemplos claros de que o governo pisou na bola nessa questão diversas vezes.

◆ He claims he has never **fumbled** not even when the pressure was on.

◆ Ele diz que nunca pisou na bola; nem mesmo sob pressão.

◆ Fully aware of the cycles of **fumble** and recovery that have defined Clinton's career for decades, advisers are sensitive to the fear that he may grow cocky after the latest turn of events; some privately argue he has to accept censure for his own good. *("Both Parties Seek End to Impeachment Drive" – Peter Baker and John F. Harris – The Washington Post – November 9, 1998)*

◆ Plenamente cientes dos altos e baixos que marcaram a trajetória de Clinton durante décadas, seus assessores temem que ele se torne mais convencido depois dos últimos acontecimentos; alguns chegam até a afirmar longe dos microfones que ele deve aceitar as críticas para o seu próprio bem.

GAME PLAN
estratégia – tática – planejamento

 No futebol americano, praticamente todas as jogadas são planejadas pela equipe de treinadores antes e durante a partida. Esse "roteiro" é chamado de "game plan". Por analogia, a mesma expressão é usada em inúmeros outros contextos com o mesmo significado de plano, estratégia, direcionamento.

◆ If this company does not change its **game plan**, we're going to lose money and go out of business.
◆ Se essa empresa não mudar sua estratégia, vamos perder dinheiro e abrir falência.
◆ Smaller companies may offer you a position that was not in your original **game plan** but is one where you wear many hats. *("Handle the difficult questions" – USA Today – August 29, 2002)*
◆ As empresas pequenas podem vir a oferecer um cargo que não fazia parte de seus planos originais mas que pode lhe proporcionar a chance de executar várias tarefas diferentes.
◆ I believe we must change our **game plan** and adopt a more aggressive marketing campaign.
◆ Acredito que devemos mudar nosso planejamento e adotar uma campanha de marketing mais agressiva.

GET ONE'S FEET WET
TEST THE WATER
dar os primeiros passos – ser aprendiz – sentir o ambiente (inf.)

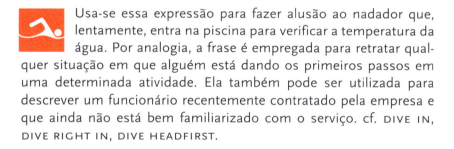 Usa-se essa expressão para fazer alusão ao nadador que, lentamente, entra na piscina para verificar a temperatura da água. Por analogia, a frase é empregada para retratar qualquer situação em que alguém está dando os primeiros passos em uma determinada atividade. Ela também pode ser utilizada para descrever um funcionário recentemente contratado pela empresa e que ainda não está bem familiarizado com o serviço. cf. DIVE IN, DIVE RIGHT IN, DIVE HEADFIRST.

◆ After spending a year **getting her feet wet** working in a law firm, she realized law was not for her and decided to pursue a different career.
◆ Depois de ter trabalhado durante um ano como aprendiz em um escritório de advocacia, ela percebeu que não gostava de direito e resolveu escolher outra carreira.
◆ If you've ever been curious about Malaysian food, this is a great place to **get your feet wet**. *("Boston: restaurants" – Money Magazine – 2001)*
◆ Se você já teve curiosidade sobre a cozinha malaia, este é o lugar ideal para você dar seus primeiros passos.
◆ The small bookstore gave his son an opportunity to **get his feet wet** as a business owner.
◆ A pequena livraria proporcionou a seu filho a oportunidade de dar os primeiros passos na carreira de empresário.

GET THE BALL ROLLING

dar o pontapé inicial – dar início – começar – desencadear (processo) – pôr a bola para rolar (inf.)

A expressão "get the ball rolling" é aplicada em diversos esportes para significar começo de partida. Ela é também muito usada em diversos contextos com o sentido de início de uma atividade, trabalho, projeto, etc.

◆ The Bank of East Asia, Hong Kong's third largest, **got the ball rolling** in late July. The first bank in the city to announce its results for the first half of the year, BEA registered a robust 39% rise in net profits to $120.5 million. *("Halfway at Full Speed – Hong Kong and Singapore banks rebound" – Alejandro Reyes – Asiaweek.com – 2000)*

◆ O "Bank of East Asia", terceiro banco de Hong Kong em tamanho, deu o pontapé inicial no fim de julho. Sendo o primeiro banco da cidade a anunciar seus resultados do primeiro semestre, o BEA apresentou aumento significativo de 39% em seu lucro líquido, alcançando, 120,5 milhões de dólares.

◆ I've read about environmental issues but how do I **get the ball rolling** to improve the environmental performance of my company?

◆ Já li sobre as questões ambientais, mas o que devo fazer para que a minha empresa possa começar a melhorar o seu desempenho quanto à preservação da natureza?

◆ Please fill out the form below so we can **get the ball rolling**.

◆ Por favor, preencha o formulário abaixo para que possamos dar início ao processo.

GET TO FIRST BASE
MAKE IT TO FIRST BASE
REACH FIRST BASE

concluir a etapa preliminar – ser aprovado na fase inicial – trocar as primeiras carícias amorosas – agradar (usu. neg.)

A primeira etapa para se conquistar um ponto no beisebol é concluída quando o jogador chega à primeira base. A partir daí, o atleta pode vir a conquistar a segunda base, a terceira base e voltar ao "home plate", anotando assim um ponto para sua equipe. No mundo dos negócios, essa expressão é usada para indicar que foi concluída a etapa preliminar de uma possível transação comercial.

Compara-se muitas vezes o relacionamento amoroso ao beisebol. Portanto, chegar à primeira base representa a etapa preliminar dessa conquista. Conseqüentemente, a expressão "get to first base" é usada com conotação sexual representando as primeiras carícias trocadas entre duas pessoas na primeira vez em que o contato mais íntimo acontece entre elas. Geralmente, ela é usada na forma negativa.

- ◆ Mr. Hall had so many things to take care of that it's not surprising he didn't **get to first base** with his new business.
- ◆ O Sr. Hall tinha tantos afazeres que não é de se estranhar o fato de não ter conseguido dar continuidade à sua nova empresa.
- ◆ Researchers hadn't done enough trials or testing of the vaccine and "we never **got to first base**," Arndt said. *("Pentagon's Missteps Stalled New Vaccines – Guy Gugliotta – Washington Post – April 12, 2002)*
- ◆ Os pesquisadores não realizaram suficientes experimentos ou testes da vacina e "não conseguimos concluir a etapa preliminar", afirma Arndt.
- ◆ "Guys, **go back to first base**. Kiss more, because it's more important to her." *("Read my lips: Give me a big kiss" – Karen S. Peterson – USA Today – January 10, 2001)*
- ◆ "Rapazes, voltem ao básico. Beijem mais porque é importante para elas."

GO A FEW ROUNDS WITH SOMEONE

discutir – trocar farpas – bater boca (inf.) – quebrar o pau (inf.)

Uma luta de boxe é dividida em assaltos ou "rounds" de três minutos por um minuto de descanso nas lutas entre profissionais. No boxe amador, os combates são divididos em quatro assaltos de dois minutos por um de descanso. Usamos essa metáfora esportiva para retratar qualquer tipo de embate ou discussão entre duas ou mais pessoas.

◆ And he's itching to see his bandmate Chris Kirkpatrick **go a few rounds** with Eminem. *("Nothing Personal" – Amy Reiter – Yahoo! Entertainment – November 20, 2002)*

◆ E ele está doido para ver seu companheiro de banda Chris Kirkpatrick trocar farpas com Eminem.

◆ Bob **went a few rounds** with the boss this morning. He came this close from being fired.

◆ Bob bateu boca com o chefe hoje de manhã. Faltou muito pouco para ele ser mandado embora.

◆ Board members **went a few rounds** with shareholders over long-term loans to a subsidiary in Hong Kong.

◆ Os membros do conselho trocaram farpas com os acionistas quando debateram os empréstimos de longo prazo concedidos a uma subsidiária em Hong Kong.

GO DOWN TO THE WIRE

ser decidido no último minuto – decisão em cima da hora – vai ser (decidido) no "fotochart"

O termo "wire" representa o espelho ou disco final. Em outras palavras, a linha de chegada nas corridas de cavalo. Em outras atividades, a expressão é usada para indicar uma decisão ou disputa que será decidida apenas nos momentos finais.

- Anything can happen in an election. I still feel that this one will **go down to the wire**.
- Pode acontecer de tudo numa eleição. Ainda acho que esta só será decidida no "fotochart".
- The presidential race between Republican George W. Bush and Democrat Al Gore **went down to the wire** in Florida.
- A disputa presidencial entre o Republicano George W. Bush e o Democrata Al Gore foi decidida na última hora na Flórida.
- By yesterday afternoon, delegates in Doha were slumped in corridors, after losing three nights' sleep as the World Trade Organisation negotiations **went down to the wire**. *("Developing countries flex their muscles – Power shifts in the WTO" – The Guardian – November 15, 2001)*
- Ontem à tarde, os delegados em Doha estavam exaustos nos corredores após terem perdido três noites de sono, pois as negociações da Organização Mundial do Comércio foram concluídas em cima da hora.

GO DOWN WITH THE SHIP
não abandonar o barco – pagar para ver – arcar com as conseqüências

Segundo a tradição marítima que também se aplica aos esportes náuticos, o comandante jamais abandona a sua embarcação mesmo que essa atitude o leve a afundar com o barco. No contexto empresarial, essa expressão tem o sentido de continuar apostando em um projeto até o último instante, até que não haja realmente nenhuma perspectiva de sucesso.

- If your company is failing and it can't be saved, don't **go down with the ship**.
- Se a sua empresa está em dificuldades e não há salvação, abandone o barco.
- The crunch hit the tourism industry next and I **went down with the ship** like many others in my position.
- Em seguida, a crise atingiu o setor de turismo e eu não abandonei o barco como muitas outras pessoas na minha posição.
- "Being in New York has put us at a disadvantage to compete," said John Carlin, chief executive of Funny Garbage, a media and animation company in Soho that laid off half of its 70 employees. "But we're too dyed-in-the-wool New Yorkers to leave. We'll **go down with the ship**." *("One year later, small businesses still recovering from 9-11 attacks" – Jennifer Friedlin – The Boston Globe – September 11, 2002)*
- "O fato de estarmos em Nova York nos coloca em desvantagem em relação à concorrência", afirma John Carlin, diretor da Funny Garbage, uma empresa de mídia e animações localizada em Soho e que demitiu metade de seus 70 funcionários. "Mas somos nova-iorquinos até o último fio de cabelo e não iremos embora. Não vamos abandonar o barco."

GO ONE-ON-ONE

mano a mano – frente a frente – cara a cara – a dois – a sós – entrevista exclusiva – debater

"Go one-on-one" significa, no basquete, jogar uma partida informal contra apenas um adversário. Os dois jogadores se enfrentam em apenas uma das metades da quadra. Existem ainda outras modalidades como, por exemplo, "two on two", "three on three", etc. Na língua portuguesa, essas variantes informais do basquete recebem o nome de "21". Em outras situações, essa expressão quer dizer encontro ou reunião entre apenas duas pessoas que pode ser até mesmo uma entrevista exclusiva.

- That's pretty much how it was on Sept. 25, when Presidential candidate Bradley **went one-on-one** for the first time with his 2000 Democratic primary rival, Vice-President Al Gore. *("Gore Grabs the First Jump Ball from Bradley" – Richard S. Dunham – Business Week – September 27, 1999)*
- Foi mais ou menos isso o que ocorreu em 25 de setembro, quando o candidato à Presidência Bradley debateu pela primeira vez com seu rival do Partido Democrata na campanha de 2000, o vice-presidente Al Gore.
- The Clinton campaign was willing to have Perot participate, as he did in the 1992 presidential debates with Clinton and President Bush, but acceded to Republican demands that Clinton and Dole **go one-on-one**. *("Perot says Republicans will suffer for debate snub" – The Associated Press – USA Today – September 22, 1996)*
- A direção da campanha de Clinton estava disposta a aceitar a participação de Perot, como aconteceu nos debates presidenciais em 1992 com Clinton e o presidente Bush, mas acabaram acatando as exigências dos Republicanos para que Clinton e Dole debatessem sozinhos.
- Mr. James Lassiter, CEO of Hearns Computers, **went one-on-one** with IT News in a March 2002 interview.
- O Sr. James Lassiter, presidente da Hearns Computers, concedeu entrevista exclusiva à revista IT News em março de 2002.

GO TO BAT FOR SOMEONE

sair em defesa (de alguém) – defender – ajudar – dar suporte a – dar uma força (inf.) – limpar a barra (de alguém) (inf.)

Essa expressão tem a sua origem no beisebol, esporte coletivo em que o rebatedor tem a responsabilidade de ajudar os jogadores de seu time a marcar pontos. Essa ajuda ocorre freqüentemente quando ele consegue rebater uma bola proporcionando a um, dois ou três de seus companheiros a possibilidade de avançar pelas bases no campo de jogo. Quando esses atletas conseguem completar o trajeto pelas três bases e voltam ao "home plate" marcam, cada um, um ponto para a equipe. Em outros contextos, a expressão assumiu um sentido mais abrangente e significa oferecer qualquer tipo de ajuda ou apoio a outra pessoa.

- ◆ I hate when I have to **go to bat for someone** who's unwilling to support the rest of the team.
- ◆ Detesto quando preciso ajudar alguém que não está disposto a colaborar com o resto da equipe.
- ◆ Mrs. Clinton **goes to bat for the president**. *("Mrs. Clinton goes to bat for the president" – CNN – September 11, 1998)*
- ◆ A Sra. Clinton sai em defesa do presidente.
- ◆ The guys in the office really **went to bat for me** and helped cope with the grief.
- ◆ O pessoal do escritório me deu uma força e me ajudou a suportar a tristeza.

GOOD SPORT (TO BE A)

ser bom esportista – ser bom camarada – ser simpático – ser boa praça – ser legal – ser gente fina (inf.)

Diz-se daquele atleta que apresenta comportamento exemplar mesmo diante de adversidades respeitando as regras do jogo, seus companheiros de equipe e adversários. Ser companheiro e estar sempre disposto a ajudar é a acepção que essa expressão adota em outros contextos. cf. BAD SPORT (TO BE A).

◆ Similar graciousness was on display around the chamber – Republicans greeting Democrats, senators consoling House members. Blood may be boiling behind the scenes – time will tell – but in public a senator is a **good sport**. *("Journal: Predictability Can't Rob the Moment" – David Von Drehle – The Washington Post – February 13, 1999)*

◆ A mesma gentileza podia ser observada na Câmara – os Republicanos cumprimentando os Democratas, os senadores consolando os deputados. O sangue pode estar fervendo nos bastidores – o tempo dirá – mas, em público, um senador é bom camarada.

◆ My boss was a **good sport** about the whole incident and said we should put it behind us.

◆ O meu chefe foi muito legal sobre o incidente e disse que nós deveríamos esquecer o assunto.

◆ I must say he was a **good sport** about the interview as, while he was talking with me, he was lying in the bed suffering from the flu, poor thing. *("Mark Moxon Revisited" – BBC News – January 23, 2000)*

◆ Devo dizer que ele foi muito simpático sobre a entrevista porque, enquanto conversava comigo, ele estava de cama com gripe, coitado.

GRAND SLAM

sensacional – ser o maior sucesso – espetacular – tirar a sorte grande (inf.)

Essa expressão, que tem sua origem no "bridge", é usada no tênis e no golfe para designar os quatro principais torneios profissionais dessas modalidades. Para receber o título do "grand slam", o(a) golfista deve vencer as quatro competições. Para o(a) tenista, contudo, as vitórias devem ocorrer no mesmo ano. No beisebol, o "grand slam" é a jogada mais fabulosa que pode ocorrer em uma partida. Em um lance apenas, o rebatedor anota quatro pontos para a sua agremiação. O "grand slam" ocorre quando o atleta rebate a bola para fora do campo ("home run") quando as três bases estão ocupadas por seus companheiros ("bases loaded"). Este atleta impulsiona seus três companheiros que completam o ciclo primeira base, segunda base, terceira base e "home plate", anotando, cada um, um ponto para sua equipe. O rebatedor anota o quarto ponto quando completa o mesmo percurso.

Fora do contexto esportivo, a expressão é empregada para descrever conquista espetacular em qualquer área de atividade.

- The business community is praising the governor and calls his plan to reduce the deficit a **grand slam**.
- O empresariado está elogiando o governador e considera sensacional seu plano para reduzir o déficit.
- The new video game hits a **grand slam** in the marketplace.
- O novo "video game" é o maior sucesso de mercado.
- While younger people may be able to ride stocks through their ups and downs, Wilkinson says retirees need to protect what they have, so he sticks to funds. "You're not going to hit a **grand slam**," he said. *("Taking tech stocks to heart" – Alex F. McMillan – CNNfn - February 3, 2000)*
- Se, por um lado, os jovens podem ter condições de suportar os altos e baixos do mercado acionário, Wilkinson afirma que os aposentados precisam proteger o que possuem, portanto ele prefere os fundos. "Você não vai tirar a sorte grande", completa.

GROUND RULES

regras básicas – instruções – normas de procedimento – preceitos básicos – diretrizes

No mundo dos esportes, "ground rules" são as normas que determinam a forma pela qual uma modalidade deve ser praticada. Em outras situações, a expressão significa regra ou norma geralmente aceita, sendo quase sempre usada na forma plural.

◆ As Internet powerhouse America Online Inc. prepares to tie the knot with media giant Time Warner Inc., regulators are champing at the bit to set **ground rules** for the first true marriage of Old Economy and New Economy. *("A Real Test for Trustbusters" – Catherine Yang – Business Week – July 17, 2000)*

◆ Enquanto a America Online Inc., maior empresa de Internet, cuida dos preparativos para o enlace com a gigante das comunicações Time Warner Inc., os órgãos reguladores mal conseguem esperar para definir as regras básicas desse que será o primeiro casamento verdadeiro entre a Velha e a Nova Economia.

◆ **Ground rules** are agreements about expected behavior in meetings and they should always contribute to the group's ability to work together effectively.

◆ As normas de procedimento são acordos sobre o comportamento esperado durante as reuniões e devem sempre contribuir para que o grupo possa trabalhar de forma eficaz.

◆ When employees understand the **ground rules** we can have clear communication and open relationships.

◆ Quando os funcionários entendem as regras básicas, podemos ter comunicação clara e relacionamento franco.

HANDICAP (v. & n.)

dar uma colher de chá – dar alguns pontos de lambuja – prejudicar – desvantagem

O "handicap" é um sistema de pontos usado no golfe para possibilitar a disputa, em pé de igualdade, entre jogadores de níveis diferentes. Para se determinar o valor do "handicap", leva-se em conta o aproveitamento de cada golfista. Por exemplo, um iniciante recebe "handicap" 40 e um jogador profissional recebe "handicap" zero. Ao fim de cada partida, esse valor será subtraído do número total de tacadas de cada golfista. Vale lembrar que vence a partida o jogador que completar o campo com o menor número de tacadas. Em suma, o "handicap" é uma vantagem artificial concedida ao jogador mais fraco ou, dependendo do ponto de vista, uma penalidade imposta ao competidor mais forte. O verbo "to handicap" tem também o sentido de "prejudicar".

- The company's debt will eventually **handicap** their cash flow and weaken a balance sheet they once believed was their strong point.
- A dívida da empresa irá prejudicar futuramente o fluxo de caixa e enfraquecer o balanço que outrora era visto como o ponto mais forte da organização.
- Some analysts say that the lack of a Web presence will **handicap** a business in the near future just as the lack of a telephone would handicap any business today.
- Alguns analistas afirmam que a falta de um site na Web prejudicará as empresas num futuro próximo da mesma forma que a falta de um telefone prejudicaria qualquer empresa nos dias de hoje.
- Italy's **handicap** largely stems from its traditional lack of a strong high-tech industry. Personal computer penetration among Italian households is among the lowest in Europe. *("GROWTH: Race to reduce the 'net lag'" – Financial Times – February 1, 2000)*
- A desvantagem da Itália deve-se, em grande parte, à tradicional ausência de um setor de alta-tecnologia bem desenvolvido. O índice de penetração de PCs nos lares italianos é um dos mais baixos da Europa.

HARD TO CALL

imprevisível – decisão difícil – de difícil julgamento – lance duvidoso – não dá para saber – não dá para dizer

Os árbitros de diversas modalidades esportivas são obrigados a tomar decisões difíceis que constantemente desagradam jogadores, torcedores, imprensa, dirigentes, etc. Mesmo assim, não podem se furtar a essa responsabilidade. Essa expressão retrata as agruras que os juízes são obrigados a enfrentar no seu dia-a-dia. Conseqüentemente, sempre que houver algum tipo de incerteza sobre alguma questão, a expressão pode ser empregada.

- ◆ Microsoft trial result **hard to call**. *("Microsoft trial result hard to call" – Paul Davidson – USA Today – April 14, 2002)*
- ◆ Imprevisível o resultado do processo da Microsoft.
- ◆ Any of the five nominees could win the best actor category. That's **hard to call**.
- ◆ Qualquer um dos cinco indicados pode ganhar o Oscar de melhor ator. Não dá para saber.
- ◆ A Federal Reserve official said it was **hard to call** whether the latest report indicates a step forward for the economy.
- ◆ Um alto funcionário do Banco Central Americano declarou que era difícil saber se o último relatório indica ou não avanço para a economia.

HAVE A FIELD DAY
deliciar-se – esbaldar-se – deitar e rolar

Usada desde o século 18, essa expressão era originalmente empregada para descrever um dia dedicado a exercícios e manobras militares. Posteriormente, ela passou a ser adotada para descrever o dia voltado à prática de atividades esportivas. Nos dias de hoje, "to have a field day" significa momento de grande prazer, oportunidade ou atividade.

◆ When the movie star announced that her marriage was on the rocks, the press **had a field day**.

◆ Quando a estrela de cinema anunciou que seu casamento ia de mal a pior, a imprensa deitou e rolou.

◆ Those who take pleasure in hunting down antiques will **have a field day** in San Francisco. *("Antiquing" – Sharron S. Wood – The New York Times – 2002)*

◆ Quem gosta de procurar por antiguidades irá se deliciar em San Francisco.

◆ Nato's critics **had a field day** attacking what they believed was a troublesome and inappropriate campaign.

◆ Os críticos da Otan se deliciaram atacando o que acreditam ter sido uma campanha problemática e inadequada.

HAVE A RINGSIDE SEAT

assistir de camarote – ter visão privilegiada – estar na fila do gargarejo (inf.)

Os ingressos mais disputados e mais caros numa luta de boxe são aqueles que dão direito a um assento ao lado do ringue. Portanto, quem está sentado num desses lugares terá visão privilegiada do combate. Usa-se a mesma expressão em outros contextos para retratar uma situação semelhante àquela vivida no esporte.

◆ Observers across Europe **will have a ringside seat** for the event, which astronomers predict could be one of the most dramatic lunar eclipses in decades.

◆ Observadores em toda a Europa poderão assistir de camarote a esse evento que, segundo as previsões dos astrônomos, poderá ser um dos mais espetaculares eclipses lunares das últimas décadas.

◆ Dennis Peterson, a technology journalist with 22 years of experience, **has had a ringside seat** for the major developments in the computer industry.

◆ Dennis Peterson, um jornalista da área de tecnologia com 22 anos de experiência, tem visão privilegiada para observar os principais desenvolvimentos ocorridos na informática.

◆ Well it's been quite something **to have a ringside seat** at the longest running US election in history – although now it's over Washington is strangely quiet. *("The star-spangled cliffhanger" – Philippa Thomas – BBC News – 2000)*

◆ Foi realmente fantástico assistir de camarote à mais disputada eleição da história americana – apesar de, agora, Washington estar calma demais com o fim das eleições.

HAVE IN ONE'S CORNER

ter alguém a seu lado – contar com o apoio de alguém – ter um ombro amigo – receber uma mão (inf.)

Durante as lutas de boxe, os lutadores contam com o apoio de sua equipe durante o intervalo entre os assaltos. Essa equipe é composta por um técnico e por um ou dois assistentes, também chamados de segundos. As grandes estrelas do boxe profissional, entretanto, são acompanhadas de verdadeiras "entourages" compostas por várias pessoas, embora, no corner, seja permitida apenas a presença do técnico e de dois assistentes, no máximo. Por analogia, a expressão "have in one's corner" significa, em outros contextos, alguém que oferece qualquer tipo de ajuda a pessoa ou empresa.

◆ **Having a firm such as Kleiner Perkins in your corner** adds value beyond an investment in an Internet firm ready to go public. *("Venturing onto the Internet" – John Frederick Moore – August 27, 1999)*

◆ Contar com o apoio de uma empresa como a Kleiner Perkins agrega valor que vai além de um investimento numa empresa da Internet que está pronta para abrir seu capital.

◆ I believe this initiative is a way of giving back to those members of the community that usually don't have people that they can talk to and **have in their corner**.

◆ Acredito que essa iniciativa seja uma forma de ajudar aqueles membros da comunidade que normalmente não têm com quem conversar nem com quem contar.

◆ It is believed that, in order to be successful in Washington, it is critical to **have at least one politically powerful mentor in one's corner**.

◆ Acredita-se que, para se ter sucesso em Washington, seja fundamental contar com o apoio de pelo menos um padrinho que tenha bastante peso político.

HE SHOOTS, HE SCORES!

Você está com a bola toda! – Você está com tudo! – Gol! – Chutou, é gol! – Golaço!

"He shoots, he scores!" é a frase dita pelos locutores esportivos quando um jogador faz uma cesta, ou marca um gol tanto no futebol quanto no hóquei. Por analogia, a mesma expressão é usada quando uma pessoa consegue obter êxito extraordinário no trabalho, nos estudos, na vida pessoal, etc. cf. SHOOT.

- ◆ I heard you sold four cars this morning! **He shoots, he scores!**
- ◆ Ouvi dizer que você vendeu quatro carros hoje de manhã! Você está com a bola toda!
- ◆ She was accepted into the MBA program with a 720 out of 800 points. **She shoots, she scores!**
- ◆ Ela foi aprovada no programa MBA acertando 720 de um total de 800 pontos. Ela está com tudo!
- ◆ **He shoots, he scores:** What started as a defensive business strategy for small optometrists turned into a corporate venture this summer when a management company was formed to oversee the new business. *("Benner has laser eye center on target" – Kathy Robertson – Sacramento Business Journal – October 8, 1999)*
- ◆ Eles estão com tudo: o que começou como uma estratégia comercial defensiva para pequenas ópticas transformou-se em ousadia empresarial neste verão quando foi criada uma empresa de administração para gerir o novo negócio.

HEAVYWEIGHT (n. & adj.)

importante – influente – peso-pesado (inf.) – figurão (inf.)

É inegável que a categoria peso-pesado seja a que mais recebe atenção do público e, conseqüentemente, da imprensa, dos empresários e dos apostadores, apesar de muitas grandes estrelas da história do boxe mundial terem pertencido a outras categorias. Por esse motivo, peso-pesado virou sinônimo de pessoa importante, influente, poderosa, etc. cf. LIGHTWEIGHT.

◆ His father is a **heavyweight** at Hearns International.
◆ O pai dele é um figurão na Hearns International.
◆ As if to emphasize Sao Paulo's key position in the Brazilian power structure, two **heavyweight** Paulistanos soon emerged as frontrunners to succeed Mr Cardoso. *("Cities guide" – The Economist – 2002)*
◆ Como se fosse para enfatizar a posição de liderança de São Paulo na estrutura de poder no Brasil, dois paulistanos pesos pesados rapidamente assumiram a liderança na disputa pela sucessão de Fernando Henrique.
◆ San Jose-based computer **heavyweight** X Systems Inc. announced Friday it was laying off eight percent of its workforce.
◆ A gigante de informática X Systems Inc. de San Jose anunciou ontem que iria demitir oito por cento do seu quadro de funcionários.

HIT A FOUL BALL
dar bola fora – dar mancada – pisar na bola

O campo de beisebol tem o formato aproximado de um quarto de círculo, chamado "fair zone". Essa área principal é dividida em diamante ("diamond" ou "infield") e jardineira ("outfield"). As rebatidas só são válidas quando ficam limitadas à região entre as duas laterais do campo. Caso contrário, o lance é considerado bola fora ("foul ball"). Considera-se também "foul ball" quando a bola toca no chão dentro do diamante e sai pela linha lateral entre o "home plate" e a primeira base, ou entre o "home plate" e a terceira base. Se a bola tocar no chão em qualquer ponto do "fair zone" e sair pela linha lateral depois da primeira ou depois da terceira base, ela é considerada bola válida ("fair ball").

Em diversos outros contextos, usamos a expressão "hit a foul ball" para nos referirmos a qualquer erro, deslize ou engano cometido por alguém.

◆ We thought the company had finally stepped up to the plate with the release of their new product but they **hit a foul ball**.

◆ Chegamos a pensar que a empresa tinha finalmente acertado em cheio com o lançamento de seu novo produto, mas eles acabaram pisando na bola.

◆ How could such a renowned company act so immaturely as to disrespect its customers? They definitely **hit a foul ball** on this one.

◆ Como uma empresa tão renomada pôde agir de forma tão imatura a ponto de desrespeitar seus clientes? Dessa vez, eles pisaram feio na bola.

◆ "The president **hit a foul ball** instead of a home run," said Graham, who assumed the Judiciary Committee seat of the late Rep. Steven Schiff, R-N.M., earlier this year. *("The Next Grand Jury" – Amy Branson and Gebe Martinez – The Washington Post – August 21, 1998)*

◆ "O Presidente pisou na bola em vez de marcar um gol de placa", disse Graham no início do ano. Graham assumiu a vaga deixada na Comissão do Judiciário pelo finado Deputado Republicano do Novo México Steven Schiff.

HIT A HOME RUN
HIT A HOMER
HIT IT OUT OF THE BALLPARK
HOME RUN

marcar um gol de placa – marcar um golaço – acertar em cheio – dar uma bola dentro – acertar na loteria (inf.) – lavar a égua (inf.)

O "home run" é o ponto culminante de uma partida de beisebol. Podemos até fazer uma comparação com o gol no futebol. Essa jogada consiste em rebater a bola para além dos limites do campo de jogo. O atleta que consegue esse feito anota para sua equipe de 1 a 4 pontos, dependendo do número de jogadores de sua equipe que estiverem ocupando as três bases do campo. cf. GRAND SLAM. Em outros contextos, essa expressão quer dizer obter êxito extraordinário ou ser muito bem-sucedido.

Algumas pessoas costumam comparar um relacionamento amoroso com o trajeto percorrido pelo jogador de beisebol em torno do campo. Chegar à primeira base representa a etapa preliminar dessa conquista. cf. GET TO FIRST BASE. Conseqüentemente, a expressão "hit a home run" descreve o ponto culminante desse processo.

- ◆ The democrat presidential nominee **hit a home run** when he criticized his opponent's health care record.
- ◆ O candidato democrata à presidência marcou um gol de placa quando criticou a política de saúde adotada por seu adversário.
- ◆ The potential is huge, and I love the category, but there will be plenty of early screwups and failures, just like in the handheld market before Palm **hit a home run**. *("Voices Events With... Walter S. Mossberg" – Walter S. Mossberg – The Wall Street Journal – October 28, 1999)*
- ◆ O potencial é enorme e eu adoro essa categoria, mas haverá muitos enganos e fracassos, exatamente como ocorreu no mercado de computadores de bolso antes de a Palm acertar em cheio.
- ◆ The pharmaceutical company claims that you can **hit a home run** every night with their new supplement.
- ◆ A empresa farmacêutica afirma que você consegue marcar um gol toda noite tomando o novo suplemento.

HIT-AND-RUN
acidente de trânsito seguido de evasão do motorista – omissão de socorro – operação (militar) relâmpago

 A origem dessa expressão é novamente o beisebol. Nesse esporte, a ordem natural das jogadas compreende uma rebatida ("hit") e uma corrida ("run") até a primeira base. Ela é usada para descrever um lance de risco em que o corredor que se encontra numa base, geralmente na primeira ou na segunda, começa a correr em direção à próxima base antes mesmo de o arremesso ser feito para o rebatedor. Este deverá necessariamente acertar a bola para impulsionar o corredor para a próxima base.

A mesma expressão pode ser usada para descrever um tipo específico de acidente de trânsito. Ao evadir-se do local após colisão ou atropelamento, o motorista comete aquilo que é chamado nos Estados Unidos de "hit-and-run" (bater e fugir).

Uma ação militar relâmpago seguida de uma rápida retirada das tropas pode também ser chamada de "hit-and-run".

- Two senior citizens were victims of a **hit-and-run** accident. They have been taken to the hospital.
- Duas pessoas idosas foram vítimas de um acidente com omissão de socorro. Elas foram levadas ao hospital.
- Their mission is to infiltrate behind enemy lines and perform **hit-and-run** missions against enemy installations.
- Sua missão é se infiltrar por trás das linhas inimigas e realizar operações-relâmpago contra as suas instalações.
- The Russian military say that Chechen rebels have stepped up **hit-and-run** attacks against troops in the past few months. *("Chechnya talks raise peace options" – CNN – December 24, 2000)*
- O exército russo afirma que os rebeldes chechenos intensificaram os ataques-relâmpago contra as tropas nos últimos meses.

HIT BELOW THE BELT

aplicar golpe baixo

Os golpes abaixo da linha da cintura são considerados faltas graves no boxe. Há que se fazer a ressalva de que nem sempre esses golpes são propositais. No calor do combate, um atleta pode involuntariamente atingir seu adversário nessa região. Em outros contextos, a expressão pode também significar ser injusto ou desleal. cf. CHEAP SHOT, LOW BLOW.

◆ The candidate was indignant with his opponent and accused him of **hitting below the belt** during the debate.

◆ O candidato ficou indignado com seu adversário e o acusou de desferir golpes baixos durante o debate.

◆ Opponents **hit below the belt** in a new low for US. *("Opponents hit below the belt in a new low for US" – Toby Harnden – The Telegraph – November 2, 2002)*

◆ Adversários trocam golpes baixos em nova baixaria nos EUA.

◆ Consumers are going to be **hit below the belt** next Tuesday with a 15% hike in the price of gas.

◆ Os consumidores sofrerão um golpe baixo na próxima terça-feira com o aumento de 15% no preço da gasolina.

HOLE-IN-ONE

acertar em cheio – acertar na mosca – marcar um golaço – dar um banho (inf.) – buraco em um (golfe)

A expressão "hole-in-one" descreve a jogada mais espetacular que ocorre no golfe. O "buraco em um" acontece quando o golfista consegue acertar o buraco com apenas uma tacada. Esses lances raros geralmente ocorrem em buracos de par três, ou seja, em condições normais, um jogador profissional necessitaria de três tacadas para completar o buraco.

Por analogia, usamos a mesma expressão em outros contextos para descrever qualquer êxito extraordinário obtido no âmbito pessoal ou profissional. Entre os médicos, contudo, essa expressão é usada informalmente para descrever penetração de projétil através de qualquer um dos orifícios naturais.

◆ The President shot a diplomatic **hole-in-one** on Friday after his peace mediation efforts ended in apparent success with the signing of an agreement between the two rebel leaders.

◆ O presidente conseguiu dar um banho de diplomacia na sexta-feira depois que seus esforços resultaram em um aparente êxito com a assinatura de um acordo entre os dois líderes rebeldes.

◆ The CEO thought he had hit a **hole-in-one** when he recommended a well-known advertising agency which promised to "take care of business".

◆ O presidente achou que tivesse acertado em cheio quando recomendou uma renomada agência de publicidade que prometia "dar conta do recado".

◆ But Jacobs, an avid golfer, may need a **hole-in-one** to take this race from popular incumbent Peter Deutsch. *("The candidates" – CNN – 1997)*

◆ Mas Jacobs, golfista inveterado, talvez precise do buraco em um para evitar a reeleição do benquisto Peter Deutsch.

HOME FREE (TO BE)

atingir meta – conquistar um objetivo – estar a salvo

Diz-se daquele jogador de beisebol que se dirige ao "home plate" para anotar um ponto para o seu time e não corre risco de ser eliminado pela defesa adversária. Em outras situações, a expressão "to be home free" é usada para indicar uma situação que pessoa ou empresa tem absoluta certeza de que atingirá seus objetivos sem correr risco ou perigo.

- I haven't smoked for 18 months, so I guess I can say I'm **home free**.
- Parei de fumar há 18 meses, portanto acho que posso afirmar que estou livre do vício.
- Patrick Davenport, managing general partner of Davenport Capital Ventures, said he wasn't under the impression that all 17 of the companies that presented at the Summit were **home free**. "Some of them are happy just to be surviving and showing some progress," he said. "It's an endurance game, trying to survive until conditions change." *("Deep impact" – Scott Kirsner – The Boston Globe – 2002)*
- Patrick Davenport, diretor geral da Davenport Capital Ventures, disse que tinha a impressão de que nem todas as 17 empresas que fizeram apresentações na reunião de cúpula estavam a salvo. "Algumas estão satisfeitas por estarem se mantendo e progredindo um pouco", afirmou. "Trata-se de um jogo de resistência na tentativa de sobreviver até que a situação mude."
- Experienced managers know that if their manufacturing strategy supports the new marketing strategies, then they are **home free**.
- Os gerentes experientes sabem que, se sua estratégia de manufatura estiver alinhada com as novas estratégias de marketing, aí sim terão alcançado seus objetivos.

HOME PLATE
HOME BASE
origem, ponto de partida – destino, objetivo, ponto de chegada

Para o time que está no ataque em uma partida de beisebol, o jogo começa no "home plate", que é também chamado de "home base". É um pouco ao lado dessa área que o rebatedor se posiciona para tentar acertar a bola e se encaminhar para a primeira, segunda e terceira bases e, se obtiver sucesso na empreitada, anotará um ponto para a sua agremiação quando retornar ao "home plate". Por esse motivo, essa expressão pode, em outros contextos, tanto significar "ponto de partida" quanto "ponto de chegada".

◆ Any entrepreneur must develop a careful business plan and carry out detailed market research before taking off from **home plate**.
◆ Qualquer empresário deve desenvolver um plano de negócios criterioso e realizar pesquisas detalhadas de mercado antes de dar o primeiro passo.
◆ Some brokerage firms guarantee that your investment will be returned in no time and that they can take you from "first base to **home plate**." Well, I just don't buy it.
◆ Algumas corretoras garantem que o seu investimento dará retorno imediato e que eles te levarão do ponto de partida ao ponto de chegada. Bom, eu não engulo essa.
◆ "President Bush was received with a feeling that we all want to work together," said Sen. John Kerry, D-Massachusetts. "I think he hit a home run, and he touched all the bases as he went around, and when he got to **home plate**, he got a big cheer," Domenici said. *("Bush scores high on speech but message reaction mixed" – Ian Christopher McCaleb – CNN – February 28, 2001)*
◆ "O presidente Bush foi recebido com um sentimento de que todos nós queremos trabalhar juntos", afirmou o senador por Massachusetts, o Democrata John Kerry. "Acho que ele driblou todos os adversários, marcou um golaço e, ao voltar para o centro do campo, foi ovacionado", afirma Domenici.

HUDDLE

reunir-se (a portas fechadas) – realizar reunião secreta

Os jogadores de futebol americano se reúnem rapidamente antes do início de uma jogada para combinar a estratégia que será adotada. Essa breve reunião recebe o nome de "huddle". Portanto, o verbo "to huddle" quer dizer reunir-se e é empregado nos mais variados contextos.

◆ GOP Senate leaders see the Domenici offer on Medicare as a possible solution. They **huddle** in Dole's office in the Capitol. *("Resignation settles in as clock winds down" – William M. Welch – USA Today – March 18, 1996)*

◆ Os líderes Republicanos do Senado consideram viável a proposta de Domenici sobre o Medicare. Eles se reúnem no gabinete de Dole, no Capitólio.

◆ Stunned passerbys **huddled** in clusters and spoke to each other in whispers about the terrible accident.

◆ Os atônitos transeuntes se reuniram em pequenos grupos e conversaram em voz baixa sobre o terrível acidente.

◆ The Secretary of State was attending a conference in Japan when President Bush **huddled** in Washington, D.C. with his aides to galvanize support for the proposed legislation.

◆ O secretário de Estado estava participando de conferência no Japão quando o presidente Bush se reuniu em Washington, D.C. com seus assessores no intuito de obter apoio para as medidas propostas.

IN DEEP WATER

estar em dificuldade – pisar em campo minado – estar encrencado (inf.) – estar com a corda no pescoço (fin. & inf.)

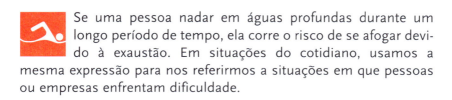

Se uma pessoa nadar em águas profundas durante um longo período de tempo, ela corre o risco de se afogar devido à exaustão. Em situações do cotidiano, usamos a mesma expressão para nos referirmos a situações em que pessoas ou empresas enfrentam dificuldade.

- The company was **in deep water** financially because of lack of planning.
- A empresa estava com a corda no pescoço devido à falta de planejamento.
- In today's competitive environment, it is not that uncommon to see several companies **in deep water** financially.
- No ambiente competitivo de hoje, não é tão raro vermos diversas empresas enfrentando dificuldades financeiras.
- "But most of the people are already **in deep water** financially when they come to us." (*"S. African Blacks Sink in Sea of Debt" – Jon Jeter – The Washington Post – October 30, 1999*)
- "Mas a maioria das pessoas já está com a corda no pescoço quando nos procuram."

IN THE BALLPARK

previsão ponderada – estimativa sensata – dentro das expectativas – relativamente certo – na média – dentro da normalidade – de acordo com as previsões

Essa expressão descreve uma bola de beisebol que foi rebatida dentro dos limites do campo de jogo. Fora do contexto esportivo, significa uma estimativa, cálculo, dedução ou inferência que não está muito longe da realidade.

◆ Employers should make an effort to be **in the ballpark** when it comes to paying their employees.

◆ Os empregadores devem se esforçar para estar dentro da média com relação aos salários de seus funcionários.

◆ Analysts projected sales of $16.3 million in 2003. The projections are **in the ballpark** specially when compared to data of similar companies.

◆ Os analistas projetaram faturamento de 16,3 milhões de dólares em 2003. As estimativas estão dentro da normalidade especialmente se comparadas aos dados de empresas similares.

◆ "It won't be higher," said Craig Shniderman, executive director of Food & Friends, the other charity involved in the AIDS ride. "It's **in the ballpark**, but it has the potential to be somewhat lower." *("Expenses Eat Profits Of District AIDSRide" – Carol Morello – The Washington Post – August 27, 2002)*

◆ "Não vai ser mais do que isso", afirmou Craig Shniderman, diretor executivo da Food & Friends, a outra instituição de assistência que participa da campanha contra a Aids. "O valor está dentro das expectativas, mas pode ser um pouco menor."

IN THE DOLDRUMS
estagnação – calmaria – desânimo – depressão (fig.) – melancolia (fig.)

O substantivo "doldrums" é usado para descrever região do oceano próxima ao equador, cuja característica principal é a presença de ventos fracos, e calmaria, embora também ocorram tempestades. As embarcações podem ficar presas nessa região durante dias ou até mesmo semanas. No contexto econômico, a mesma expressão passa a significar estagnação, baixa atividade econômica, pouco volume de negócios no mercado acionário, etc.

◆ Stocks such as Yahoo!, eBay, and America Online are stuck **in the doldrums**. *("Dot-coms in the Doldrums" – Amey Stone – Business Week – August 17, 2002)*

◆ As ações de empresas como a Yahoo!, eBay e America Online estão presas na calmaria.

◆ Having dominated world markets during the 1980s, Japan has spent the past 12 years **in the doldrums**. *("Japanese market outlook for 2003" – Financial Times – December 19, 2002)*

◆ Após ter dominado os mercados internacionais na década de 80, o Japão enfrenta calmaria nos últimos 12 anos.

◆ With its economy still **in the doldrums** as most of Asia recovers from last year's recession, Hong Kong is a city still searching for economic elixirs. *("Disney Park Deal May Not Wave" – Jon E. Hilsenrath and Zach Coleman – The Wall Street Journal – November 4, 1999)*

◆ Com sua economia ainda estagnada porque grande parte da Ásia ainda se recupera da recessão do ano passado, Hong Kong é uma cidade que ainda está em busca de elixires econômicos.

IN THE DUST (LEAVE SOMEONE)

deixar para trás – ultrapassar – superar – fazer alguém comer poeira – deixar no chinelo (inf.)

Esse coloquialismo faz referência à poeira levantada por cavalo ou carro veloz durante uma competição. A expressão é usada no mundo dos negócios para descrever imagem semelhante indicando superioridade flagrante de produto, empresa ou estratégia sobre os demais.

- The continuity and stability Fidelity investors would like to see is a return to the kind of once golden investment results that **left the competition in the dust**. *("Can a legal eagle help Fidelity soar?" – Geoffrey Smith – Business Week – June 15, 1997)*
- A continuidade e estabilidade que os investidores da Fidelity gostariam de ver é uma volta aos áureos retornos sobre os investimentos de outrora que deixaram a concorrência comendo poeira.
- However, Cheney **left Lieberman in the dust** in his discussion of the military's defects, of foreign policy and of energy policy. *("Robert Novak: Cheney scores points in VP debate" – Robert Novak – CNN – October 6, 2000)*
- Entretanto, Cheney deixou Lieberman para trás no debate sobre desertores das Forças Armadas, política externa e política energética.
- New Altima **leaves predecessor in the dust**. *("New Altima leaves predecessor in the dust" – James R. Healey – USA Today – September 13, 2001)*
- O novo Altima deixa modelo anterior no chinelo.

IN THE HOMESTRETCH (TO BE)

na reta final – nos últimos metros

Essa expressão tem a sua origem no turfe e se refere ao trecho da pista entre a última curva e o espelho. Em outras palavras, a reta de chegada. Por analogia, em outros contextos ela é usada para indicar um trabalho ou projeto que está bem próximo de ser concluído. cf. ON THE LAST LAP.

- ◆ Endeavour's mission is **in the homestretch** with all systems in excellent shape.
- ◆ A missão da Endeavour está na reta final com todos os sistemas em excelente estado.
- ◆ The North Chicago-based medical products giant last week assured Wall Street analysts that the company was **in the homestretch** for correcting problems related to some of its diagnostic test kits and bringing products back on the market. *("Abbott counting down to diagnostics plant inspection date" – Bruce Japsen – The Chicago Tribune – October 2, 2001)*
- ◆ A grande empresa de produtos médicos localizada ao norte de Chicago garantiu aos analistas de Wall Street na semana passada que a empresa está na reta final do processo de solução dos problemas relacionados aos seus kits para exames diagnósticos e que em breve voltarão a comercializar os produtos.
- ◆ The project is **in the homestrech**. The new product line will be released in two months.
- ◆ O projeto está na fase final. A nova linha de produtos será lançada daqui a dois meses.

IN THE RUNNING (TO BE)

estar no páreo – estar vivo na competição – ter chances

No turfe, essa expressão é usada para se referir ao cavalo que está disputando o páreo com possibilidade de vencer a prova. Diz-se, portanto, que esse animal é uma das forças do páreo. Faz-se a analogia com essa situação do turfe quando a mesma expressão é usada em outros contextos, principalmente no meio político. cf. OUT OF THE RUNNING (TO BE).

◆ In August, five companies were **in the running** to buy the business, which could fetch as much as $4.5 billion, an analyst said.

◆ Em agosto, cinco empresas estavam no páreo para comprar o negócio, que poderia atingir a soma de 4,5 bilhões de dólares, segundo um analista.

◆ Polls suggest that Paul Martin, Mr Chrétien's former finance minister and a bitter rival, is well-placed to replace him, though John Manley, the deputy prime minister, and Allan Rock, the industry minister, are also **in the running**. *("Forecast" – The Economist – November 25, 2002)*

◆ As pesquisas de opinião indicam que Paul Martin, o ex-ministro da Fazenda e grande rival do Sr. Chrétien, está bem colocado para substituí-lo, embora John Manley, o vice-primeiro ministro, e Allan Rock, ministro da Indústria, também estejam no páreo.

◆ Two weeks before election day, all three candidates are still **in the running**.

◆ A duas semanas da eleição, todos os três candidatos ainda têm chances.

IN THE SAME LEAGUE

estar à altura – ter condições de competir (em pé de igualdade) – estar no mesmo nível – é muita areia para o meu caminhãozinho (quando usada na forma negativa) (inf.)

A expressão "to be in the same league as someone or something" é usada em diversos ramos de atividade para descrever o fato de uma empresa ou pessoa estar em condições de competir em pé de igualdade com seu concorrente ou adversário. Observe, entretanto, que ela é freqüentemente usada na forma negativa. cf. OUT OF ONE'S LEAGUE (TO BE).

◆ Ours is a small state and we shouldn't grant tax incentives to try to compete with the larger ones for major industry location. We're just not **in the same league**.

◆ O nosso Estado é pequeno e não deveria conceder incentivos fiscais para tentar concorrer com os Estados maiores na tentativa de atrair as grandes indústrias. Não temos condições de competir em pé de igualdade.

◆ The stock and company research sources available on the Web give investors information that puts them almost **in the same league** as Wall Street pros. *("Investment Research" – The Wall Street Journal – 2001)*

◆ As fontes de pesquisa disponíveis na Web sobre ações e empresas dão aos investidores informações que os colocam praticamente no mesmo nível dos profissionais de Wall Street.

◆ XYZ Technologies is not **in the same league** as the others; it's a relatively new company in this business.

◆ A XYZ Technologies não está à altura de outras empresas; trata-se de uma empresa relativamente nova nesse ramo.

IN THERE PITCHING
esforçar-se – dar o máximo de si – dedicar-se – empenhar-se

Sem dúvida, o jogador mais importante para uma equipe de beisebol é o arremessador ("pitcher"). Esse papel relevante foi transportado para outros contextos por meio da expressão "in there pitching", ou seja, estar desempenhando atividade necessária com empenho e dedicação.

◆ He was an actor that was regularly employed on television in the 1970s, never quite a star but always **in there pitching**.

◆ Ele era um ator que esteve constantemente empregado na televisão nos anos 70, nunca foi uma estrela, mas sempre dava a sua contribuição.

◆ The politician pledged to his constituency that he would always be **in there pitching** for his state.

◆ O político prometeu ao seu eleitorado que sempre se empenharia na defesa de seu Estado.

◆ After his nomination, Alben Barkley talked informally about his service in the Senate with Harry Truman. Said he: "We're teammates now, and after the election we'll still be a team, **in there pitching** with the catcher understanding the signs of the pitcher, whether it will be a slow drop or a chin cutter." *("The Line Squall" – Time Magazine – July 26, 1948)*

◆ Após sua indicação, Alben Barkley falou informalmente sobre seu trabalho no Senado com Harry Truman. Ele afirmou: "Jogamos no mesmo time agora e, depois da eleição, continuaremos a ser uma equipe, nos esforçando para buscar o entrosamento com os companheiros, para saber o momento certo de prender a bola ou partir para o contra-ataque".

INSIDE TRACK

ter vantagem (competitiva) – ter preferência – estar no caminho certo – ser favorito – ter todas as condições para conquistar algo

Embora todos os atletas percorram a mesma distância nas provas de velocidade e de meia-distância, existe a percepção de que os competidores nas raias internas correm uma distância menor. É evidente que a raia interna é mais curta que as demais porém essa diferença é corrigida no posicionamento dos atletas na hora da partida. Além disso, esses competidores são obrigados a fazer uma curva mais fechada, o que pode ser até prejudicial nas provas de velocidade. A vantagem, na verdade, é o fato de esse atleta que corre na raia interna ter total visibilidade de seus adversários, o que lhe propicia controle técnico e estratégico sobre seus concorrentes. Fora do meio esportivo, a expressão "inside track" significa ter algum tipo de vantagem competitiva.

◆ France's Renault has the **inside track** to take over South Korea's ailing Samsung Motors. *("Will Renault Go for Broke in Asia?" – Moon Ihlwan and Emily Thornton – Business Week – February 28, 2000)*

◆ A francesa Renault tem tudo para assumir a sul-coreana Samsung, que passa por dificuldades.

◆ Jamestown clearly had the **inside track** last week when the owner of the property, New York-based Metropolis Realty Trust Inc., announced it had signed a contract to sell the property to Jamestown for $725 million. *("Equity Office Dives Into a Bidding War" – Peter Grant – The Wall Street Journal – April 24, 2002)*

◆ Claramente a Jamestown era a favorita na semana passada quando o dono da propriedade, a empresa de Nova York Metropolis Realty Trust Inc., divulgou que havia assinado contrato para vender a propriedade para a Jamestown por 725 milhões de dólares.

◆ "There are quite a few of them who think they are clever and are on the **inside track**," he said. *("Dobson: Party machine 'did me harm'" – BBC News – 27 January, 2000)*

◆ "Vários deles julgam ser inteligentes e acreditam ter vantagem competitiva", ele afirma.

IT'S BACK TO THE OL' (OLD) BALL GAME

voltar a pegar no batente – botar de novo a mão na massa – ser conservador – ser cauteloso

Usa-se essa expressão para descrever o jogador de beisebol que retorna à partida depois de uma breve interrupção. Dependendo do contexto, pode significar voltar ao trabalho depois de um intervalo ou indicar volta ao passado, às tradições, a uma forma mais conservadora de encarar os fatos.

◆ I'm just going to relax here a little bit then **it's back to the ol' ball game**.

◆ Só vou dar uma descansadinha aqui e depois vou pegar de novo no batente.

◆ A number of financial experts said that today's investors are more conservative. "**It's back to the old ball game** – protection of assets rather than the accumulation of paper wealth," said Barrie E. Little-Gill, managing partner at Abrams Little-Gill Loberfeld PC in Chestnut Hill. *("Taking stock" – Ken Gordon – Boston Business Journal – July 19, 2002)*

◆ Vários especialistas da área financeira afirmam que os investidores de hoje são mais conservadores. "Cautela e canja de galinha não fazem mal a ninguém – é preferível a proteção dos ativos em vez da acumulação de riqueza em papel", afirma Barrie E. Little-Gill, sócio-diretor da Abrams Little-Gill Loberfield PC de Chestnut Hill.

◆ Well, I don't know anything about that promotion. In the meantime, **it's back to the ol' ball game**!

◆ Bom, não sei nada sobre a promoção. Enquanto isso, vou voltar ao batente!

JOCKEY FOR POSITION

posicionar-se melhor – brigar por uma posição melhor – sair do bolo (inf.) – dar um chega pra lá (na concorrência, nos adversários, etc.) (inf.)

 A expressão "jockey for position" é usada para definir a situação em que dois ou mais competidores brigam por uma posição mais vantajosa na pista durante o páreo. Muitas vezes, os concorrentes ficam "encaixotados" entre um animal à frente, outro à direita e a cerca interna impossibilitando qualquer tentativa de ultrapassagem. Portanto, os jóqueis terão que evitar essa situação incômoda e procurar um melhor posicionamento, geralmente pelo lado de fora da pista. Por analogia, a mesma expressão pode ser usada para se referir a qualquer situação em que dois ou mais concorrentes ou candidatos se encontram em situação semelhante àquela das corridas de cavalo.

- The German carrier faces an intensely competitive mobile market, with six operators set to **jockey for position** once 3G arrives. *("Mobile phone funding row" – BBC News – February 18, 2002)*
- A operadora alemã enfrenta um mercado de telefonia móvel altamente competitivo, com seis operadoras dispostas a brigar por posição melhor assim que a terceira geração chegar.
- As candidates **jockey for position**, old alliances will be disrupted and new ones formed.
- À medida que os candidatos tentam se posicionar melhor, velhas alianças serão desfeitas e novas serão formadas.
- As several companies **jockey for position** in this highly competitive environment, there are questions as to whether today's technology will become obsolete in the near future.
- Enquanto as empresas buscam melhor posicionamento neste ambiente altamente competitivo, há dúvidas se a tecnologia de hoje não se tornará obsoleta num futuro próximo.

JUMP BALL

situação indefinida – bola presa – bola ao alto – bola dividida – cara ou coroa

 A "bola presa" é uma situação no jogo de basquete que ocorre quando pelo menos dois jogadores de equipes oponentes têm uma ou ambas as mãos firmemente sobre a bola. Nesse momento, o árbitro interrompe a partida apontando os dois polegares para cima para indicar a sua marcação. Esses dois atletas se posicionam frente a frente no círculo mais próximo ao local onde houve a bola presa para que o árbitro possa realizar o bola ao alto, ou seja, arremessar a bola ao ar entre esses dois adversários. O bola ao alto é a forma utilizada para também dar início às partidas. Em outros contextos, a expressão "jump ball" é usada para descrever situação ou decisão que pode pender para um lado ou outro. Portanto, é sinônimo de incerteza, indefinição, etc.

No mercado financeiro, são duas as situações em que a expressão é usada: a primeira delas para descrever negócio sobre o qual nenhuma corretora tem exclusividade; cada empresa compete diretamente para conseguir uma parcela da transação. A segunda situação se refere à falta de indicação para um determinado papel. Nesse caso, o investidor pode escolher vender ou comprar o título.

- The Senate Committee says they have a **jump ball** on this issue.
- A comissão do Senado afirma que a questão ainda está indefinida.
- "It's close, very close," said House Majority Leader Dick Armey, R-Texas, on Tuesday morning. "Right now, it is a **jump ball**." *("Anxiety on Hill as House awaits patients' rights vote" – Ian Christopher McCaleb, Ted Barrett and Kate Snow – CNN – July 25, 2001)*
- "É um páreo muito, muito duro", disse na terça-feira de manhã o líder da maioria na Câmara, o deputado Republicano pelo Texas Dick Arney. "Por enquanto, a situação está indefinida."
- This is a classic example of a **jump ball**. Investors should pay close attention to trading activity in the next couple of days.
- Este é um exemplo clássico de situação indefinida. Os investidores devem prestar muita atenção às negociações nos próximos dias.

JUMP OFF THE DEEP END

tomar decisão arrojada – partir para o ataque – é tudo ou nada – é agora ou nunca

Quando uma pessoa salta no lado fundo da piscina, ela não tem visibilidade do fundo e pode, conseqüentemente, correr riscos. Essa expressão é passível de assumir, em outros contextos, o sentido de tomar decisão imediata e drástica para tentar remediar um problema urgente e, em geral, sem restrição de gastos.

◆ It's often just a matter of trusting yourself enough to **jump off the deep end** every now and then and seize the opportunities that are presented to you.

◆ Muitas vezes, é só uma questão de ter um pouco de confiança em si mesmo para tomar uma decisão arrojada de vez em quando e aproveitar as oportunidades que lhe são apresentadas.

◆ The reason I haven't been around as I'd have liked is because I went and **jumped off the deep end**. I created a company, raised some bucks, gathered a top-notch crew, and we plan to conquer the world!

◆ O motivo pelo qual não tenho estado presente como gostaria é porque decidi ir para o tudo ou nada. Abri uma empresa, levantei uma grana, montei uma equipe de primeira e pretendemos conquistar o mundo!

◆ According to the NAIC [National Association of Investors Corporation], all-female clubs do better than all-male clubs. "Women as a whole tend not to **jump off the deep end** quite as quickly as men," Gerlach explains. *("Class #5: Investment Clubs" – David Goldman – ABC News – 2000)*

◆ Segundo a NAIC (Associação Nacional de Investidores), os clubes exclusivamente femininos têm melhor desempenho do que os clubes exclusivamente masculinos. "As mulheres em geral não têm a tendência de tomar decisões muito arrojadas tão rapidamente quanto os homens", explica Gerlach.

JUMP THE GUN
queimar a partida (atletismo) – queimar a largada – precipitar-se

"Jump the gun" significa começar a correr antes do tiro de partida. Nas competições, um disparo de revólver esportivo é utilizado para dar início às provas. Essa partida irregular ocorre quando o atleta apresenta um tempo de reação (tempo decorrido entre o disparo e a arrancada do atleta) inferior a 100 milésimos de segundo. De acordo com as regras atuais em vigor a partir de 1/1/2003, só será permitida uma partida queimada sem desqualificação. A partir daí, qualquer atleta que sair em falso será desqualificado independentemente de ser ou não quem queimou a partida da primeira vez. Essa expressão é também aplicada em outros contextos para retratar qualquer tipo de precipitação ou afobação.

◆ Sony Corp. had **jumped the gun** by launching PlayStation 2, its second-generation game machine, a year ahead of schedule. *("Satoru Iwata" – Business Week – July 8, 2002)*
◆ A Sony Corp. se precipitara ao lançar o PlayStation 2, seu "video game" de segunda geração, um ano antes do previsto.

◆ Do you think the software company **jumped the gun** with their new release in the summer?
◆ Você acha que a empresa de software se precipitou ao lançar a nova versão no verão?

◆ "I don't think we should **jump the gun** and start arguing about the risk of deflation yet," said economist Anthony Karydakis of Banc One Capital Markets. *("US producer prices dive" – BBC News – November 9, 2001)*
◆ "Acho que não devemos nos precipitar e começar a falar já sobre o risco de deflação", disse o economista Anthony Karydakis, do Banc One Capital Markets.

KEEP ONE'S EYE ON THE BALL

ficar de olhos bem abertos – estar atento – abrir o olho (inf.) – ficar ligado (inf.) – antenado (inf.)

A expressão "keep one's eyes on the ball" é usada em diversos contextos para requerer de alguém atenção total desde o início até o fim de determinada atividade. Sua origem é a recomendação feita a todo rebatedor, pois ele terá maiores possibilidades de lograr uma boa rebatida se mantiver os olhos atentos na bola desde o momento em que ela deixa as mãos do arremessador até fazer contato com o taco. cf. ON THE BALL.

◆ "We have said, 'Let's **keep our eye on the ball**,'" one Arab diplomat said yesterday. "'Let's not let others distract us.'... It would be nice if we could figure out what to do with the peace process in parallel." *("U.S. Was Set To Support Palestinian Statehood" – Steven Mufson and Alan Sipress – The Washington Post – October 2, 2001)*

◆ "Dissemos 'Vamos ficar de olhos bem abertos'", afirmou ontem um diplomata árabe. "'Não deixemos que outros nos distraiam.'... Seria muito bom se paralelamente descobríssemos o que fazer com o processo de paz."

◆ His planning and execution were effective and professional. At times it was tough but he **kept his eye on the ball**.

◆ Seu planejamento e execução foram eficazes e profissionais. Vez por outra, a situação ficou difícil, mas ele se manteve sempre atento.

◆ Pay attention to what the experts are saying about financial security. **Keep your eye on the ball** to guarantee a successful financial future.

◆ Preste atenção àquilo que os especialistas estão dizendo sobre segurança financeira. Fique de olhos bem abertos para garantir um futuro financeiramente tranqüilo.

KEEP PACE WITH
acompanhar o ritmo – não ficar para trás – não desafinar

Nas provas de atletismo, é muito importante que os competidores saibam dosar o ritmo para que não corram o risco de esgotarem as forças antes do fim da competição. Ao mesmo tempo, não devem deixar que o líder se distancie demais, sob pena de não conseguirem mais alcançá-lo na fase final da corrida. Essa analogia é adotada no mundo dos negócios para retratar situação semelhante entre duas ou mais empresas concorrentes. Seu significado é, portanto, "acompanhar", tanto no sentido literal, ou seja, vendas e participação de mercado, como no sentido figurado, ou seja, manter-se atualizado com as novas tendências de mercado, da moda, etc. cf. PACE ONESELF.

◆ Companies are using the latest innovations in IT to **keep pace with** the speed of change.
◆ As empresas estão usando as últimas inovações em Tecnologia de Informação para acompanhar a velocidade das mudanças.
◆ Ian Morris, chief U.S. economist for HSBC Securities in New York, expects the national jobless rate to reach 6.5% by the end of 2003, as the sluggish economy's pace of creating jobs fails to **keep pace with** the number of new job seekers. *("Experts See the Future In These Texas Trends" – Russel Gold and Melanie Trottman – The Wall Street Journal – November 27, 2002)*
◆ Ian Morris, principal economista nos Estados Unidos do HSBC Securities de Nova York, acredita que o índice de desemprego no país deverá atingir 6,5% até o fim de 2003 porque o ritmo lento da economia na criação de empregos não acompanhará o aumento do número de pessoas que entram no mercado de trabalho.
◆ The university is now introducing new courses designed to **keep pace with** changing market needs.
◆ A universidade está oferecendo novos cursos desenvolvidos para acompanhar as mudanças das necessidades de mercado.

KICK OFF (v.) / KICKOFF (n.)

dar o pontapé inicial – começar

Como podemos constatar nos exemplos abaixo, a expressão "kick off" pode ser utilizada também como adjetivo, quando é grafada com hífen ("kick-off"). Ela quer dizer dar o primeiro toque na bola no início da partida. "Kick off" é uma expressão oriunda do futebol, além de também ser empregada no futebol americano. Em outras atividades, assume o sentido de dar início a uma atividade, projeto ou reunião.

◆ We held a **kick-off** meeting on August 10, and on September 23 we are holding our first meeting with XYZ in Japan.
◆ Realizamos uma reunião inaugural em 10 de agosto e em 23 de setembro iremos realizar nossa primeira reunião com a XYZ no Japão.
◆ I would like to **kick the meeting off** by announcing that we are now offering scheduled flights to 18 new destinations.
◆ Eu gostaria de dar início à reunião anunciando que vamos passar a oferecer agora vôos regulares para 18 novos destinos.
◆ The campaign's **kick-off** was held on March 12 and carried live on closed circuit television in thirty-four locations around the country.
◆ O lançamento da campanha foi realizado em 12 de março e transmitido ao vivo por circuito fechado de televisão para 34 locais espalhados pelo país.
◆ This session will **kickoff** the debate on issues that are at the heart of the WEF mission and this year's annual meeting – sustaining growth and bridging divides. Klaus Schwab, founder and president of the World Economic Forum (WEF), will chair the session. *("What's on in Davos" – Financial Times – January 24, 2001)*
◆ Essa sessão dará início ao debate sobre as questões que estão no âmago da missão do Fórum Econômico Mundial e desta reunião anual: como atingir o crescimento sustentável e eliminar as diferenças. O Sr. Klaus Schwab, fundador e presidente do Fórum Econômico Mundial, presidirá a sessão.

KNOCKOUT PUNCH
golpe decisivo – golpe de misericórdia – xeque-mate – chegar com tudo

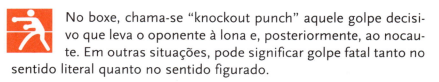 No boxe, chama-se "knockout punch" aquele golpe decisivo que leva o oponente à lona e, posteriormente, ao nocaute. Em outras situações, pode significar golpe fatal tanto no sentido literal quanto no sentido figurado.

- One U.S. official admitted that the Pentagon was hoping to deliver a **knockout punch** to the rebel leader and his followers.
- Um alto funcionário do governo americano admitiu que o Pentágono alimentava esperanças de dar o golpe de misericórdia no líder rebelde e seus seguidores.
- The second-best campaign has been George Bush's. He has been steady enough, in his first national race, to come back from two major primary losses (...) and to withstand every **knockout punch** from the far more seasoned Democratic campaign. *("The Best Campaign" – David S. Broder – The Washington Post – November 5, 2000)*
- A segunda melhor campanha é a de George Bush. Ele tem demonstrado firmeza em sua primeira campanha nacional por ter se recuperado de duas grandes derrotas nas eleições primárias (...) e também por suportar todos os golpes duros desferidos pela mais bem articulada campanha democrata.
- Every project we undertake must be strong enough to deliver a **knockout punch** in the marketplace.
- Todos os projetos que desenvolvemos devem ser suficientemente fortes para chegarem com tudo ao mercado.

KNOCKOUT (n. & adj.)

estonteante – espetacular – fantástico – de fechar o comércio (inf.), de parar o trânsito (inf.) – um arraso (inf.) – um escândalo (inf.)

O nocaute ocorre no boxe quando um lutador recebe um ou mais golpes, vai à lona e não consegue se recuperar a ponto de continuar no combate. Seu adversário é, portanto, declarado vencedor por nocaute ou, como se diz no jargão do boxe, consegue a vitória pela via rápida. Fora do contexto esportivo, faz-se a analogia com essa situação geralmente no sentido figurado descrevendo, por exemplo, um produto excepcional que deixa o consumidor "nocauteado". Observe que a palavra "knockout" pode também ser usada como substantivo ou adjetivo inclusive para descrever uma mulher muito atraente.

- ◆ This latest release is a **knockout** example of what animation software should be.
- ◆ Essa última versão é um exemplo fantástico de como deveria ser um software de animação.
- ◆ He said that she was a **knockout** and that he was very much in love with her.
- ◆ Ele disse que ela era um pedaço de mulher e que estava mesmo apaixonado por ela.
- ◆ Its director in the years of escalation was John McCone, a conservative Republican who believed the U.S. had to try for a **knockout** blow in Vietnam or get out. *("Pentagon Papers: The Secret War" – Time – June 28, 1971)*
- ◆ Seu diretor nos anos da escalada era John McCone, um Republicano conservador que acreditava que os EUA deveriam tentar o golpe de misericórdia no Vietnã ou desistir da guerra.

LEFT AT THE GATE

ficar para trás – ser deixado para trás

No turfe, usamos essa expressão para nos referirmos ao cavalo que ficou no partidor, ou seja, na linguagem do turfe, empacou. Se o animal apresenta desempenho ruim no início da prova, diz-se que ele largou mal ou bobeou na partida. Por analogia, ela significa em outros contextos "ser abandonado" ou "ficar para trás".

◆ "If the Republicans were **left at the gate** in 1992, they have surely caught up this year, blurring the lines on everything from prescription drug coverage to corporate malfeasance to the handling of Social Security." *("A Big Campaign That Feels Small" – Howard Kurtz – The Washington Post – October 29, 2002)*

◆ "Se os Republicanos ficaram para trás em 1992, eles com certeza recuperaram o terreno este ano, criticando tudo, desde a cobertura de remédios com prescrição e as fraudes nas empresas até a política adotada em relação à Previdência."

◆ The market reaction indicates that there are many investors not wanting to be **left at the gate**.

◆ A reação do mercado indica que há muitos investidores que não querem ficar para trás.

◆ Companies who regard the new technology as simply another fad may find themselves **left at the gate**. Their competitors may soon capitalize on it.

◆ As empresas que vêem a nova tecnologia como modismo passageiro podem acabar ficando para trás. Seus concorrentes poderão se aproveitar dela em breve.

LET'S PLAY BALL

vamos lá – mãos à obra

Essa expressão tem sua origem na autorização verbal dada pelo juiz aos jogadores para que estes dêem início à partida. Fora do meio esportivo, a mesma frase é usada como indicação do começo de uma atividade ou incentivo para que todos os envolvidos se empenhem na tarefa a ser executada.

◆ "This will do a lot to heal the wounds." It has been a long wait, so let the fireworks, the parties, and the kids running everywhere begin. And, oh yeah. **Let's play ball**, too. *("For the Love of the Game and Cheap Seats – Families and investors are flocking to minor-league teams" – Tom Lowry and Ronald Grover – Business Week – May 28, 2001)*

◆ "Isso será muito bom para cicatrizar as feridas." Esperamos muito tempo, portanto, que soltem os rojões, que comece a festa e que deixem as crianças correrem à vontade. E, é claro, vamos jogar bola, também.

◆ Starting a business is like starting your own baseball team. So, what are you waiting for? **Let's play ball**!

◆ Abrir o seu próprio negócio é como montar um time de beisebol. Então, o que você está esperando? Mãos à obra!

◆ The Internet has brought forth a new playing field on which to do business... so **let's play ball**! One of my key associations has been with the team at Wavefire Technologies. *(Greensgrove.com – 2001)*

◆ A Internet trouxe um novo campo de negócios... portanto, mãos à obra! Um de meus principais contatos tem sido com a equipe da Wavefire Technologies.

LIGHTWEIGHT
não ter poder nem influência – ser fraco – ser limitado

Embora haja diversas estrelas do boxe mundial que pertenceram a outras categorias, é inegável que a dos pesos-pesados é a que mais recebe atenção do público e, conseqüentemente, da imprensa, dos empresários, dos apostadores, etc. Por esse motivo, peso-pesado virou sinônimo de pessoa importante, influente, poderosa, etc. Conseqüentemente, "lighweight" é o mesmo que pessoa sem poder nem influência. cf. HEAVYWEIGHT.

◆ Her opponents say she is a **lightweight** on economic issues and she has no government experience.

◆ Seus adversários afirmam que ela tem conhecimento limitado sobre economia e não tem experiência de governo.

◆ An economic **lightweight**, Pyongyang is nonetheless a key element in any consideration of security in East Asia. *("Editorial: Coming Together" – Asiaweek.com – June 9, 2000)*

◆ Apesar de possuir pouca influência econômica, Pyongyang tem papel preponderante em qualquer análise sobre segurança no leste asiático.

◆ He's a **lightweight**, a complete **lightweight**. He won't be able to help you deal with that issue.

◆ Ele não tem poder nenhum. Ele não terá condições de ajudá-lo a resolver aquele problema.

120

LIKE THE CUT OF SOMEONE'S JIB
simpatizar-se com alguém – ir com a cara de alguém (inf.)

 "Jib" é o nome dado a uma vela triangular pequena usada em alguns veleiros. Em português, a palavra "jib" pode ser traduzida por vela de estai ou genoa.

- The new trainee is a good guy and he's got a great sense of humor. I really **like the cut of his jib**.
- O novo trainee é um sujeito legal, além de ser muito bem-humorado. Vou com a cara dele.
- "It's David Davis who looks good to me – I **like the cut of his jib**." Frederick Forsyth *("David on Davis" – BBC News – 2002)*
- "É David Davis que está bem na minha opinião – simpatizo com ele." Frederick Forsyth.
- Executives sometimes say "I **like the cut of his jib**" to indicate they approve of a job candidate. It means that there is something about the candidate that is pleasing to the eye, like a sailboat with its jib sail properly set. Looks can be deceiving but sometimes for the better.
- Os executivos às vezes dizem "Ele é bastante simpático" para demonstrar que gostaram de um candidato. Essa afirmação significa que há algo nesse candidato que é agradável aos olhos, como a vela de estai na posição correta. As aparências podem enganar, mas às vezes a seu favor.

LOCKER ROOM TALK
conversa sobre o sexo oposto – conversa franca sobre sexo

Quem já freqüentou o ambiente de vestiário esportivo sabe que as conversas podem freqüentemente abordar temas relacionados a sexo. A ausência de representantes do sexo oposto confere ao grupo uma liberdade e um conforto propícios a esse tipo de assunto. Tal é, portanto, o significado da expressão "locker room talk".

◆ Executives must try to find ways to handle **locker room talk** in business.
◆ Os executivos devem tentar encontrar formas para lidar com as conversas francas sobre sexo nas empresas.
◆ The CEO told reporters there was nothing wrong with a little **locker room talk** in the workplace.
◆ O presidente da empresa disse aos repórteres que não havia nada de errado com um pouco de conversa franca sobre sexo no local de trabalho.
◆ In recent weeks much has been said about the nature of their private conversations, which have been characterized as **"locker room talk."** *("Another Pizza My Heart" – Tony Kornheiser – The Washington Post – March 8, 1998)*
◆ O assunto mais falado nas últimas semanas tem sido o conteúdo das conversas particulares entre eles, que acabaram sendo rotuladas de "conversas francas sobre sexo".

LONG SHOT

difícil – improvável – azarão – zebra – azar do páreo (turfe)

Essa expressão faz alusão à falta de precisão das primeiras armas de fogo. Ela é também usada com freqüência no turfe para descrever as apostas feitas nos cavalos que têm poucas chances de vitória. Em outros contextos, a expressão "long shot" é empregada para descrever possibilidade remota de sucesso.

◆ He is considered a **long shot** by most Republicans, but Forbes put up a good showing in the latest New Hampshire polls, coming in a close second behind Sen. Bob Dole. *("Forbes Pitches Flat-Tax Message in GOP Country" – Bruce Morton – CNN – January 3, 1996)*

◆ Ele é considerado um azarão pela maioria dos Republicanos, mas Forbes teve bom desempenho nas últimas eleições em New Hampshire, ficando logo atrás do senador Bob Dole.

◆ We know it's a **long shot** to find somebody now. But it's not deterring the rescue teams.

◆ Sabemos que é bem difícil encontrar alguém agora. Mas isso não desanima as equipes de resgate.

◆ Other chains likely to be interested: Target, J.C. Penney Co. and Kohl's Corp., though the fast-growing Menomonee Falls, Wis.-based chain is a **long shot** because it has fewer than 400 stores around the country. *("Kmart files for Chapter 11" – Susan Chandler – Chicago Tribune – January 23, 2002)*

◆ Outras cadeias que devem provavelmente estar interessadas: Target, J.C. Penney Co. e Kohl's Corp., embora a próspera cadeia cuja sede se encontra em Menomonee Falls em Wisconsin tenha poucas chances porque possui menos de 400 lojas espalhadas pelo país.

LOW BLOW

golpe baixo – jogo sujo – passar uma rasteira (inf.)

A expressão "low blow" tem sua origem no boxe. Nessa modalidade esportiva, os golpes abaixo da linha da cintura são proibidos e o lutador que comete essa infração é penalizado pelo juiz do combate. No boxe, o golpe baixo pode ocorrer involuntariamente. Em outras situações, significa um insulto gratuito ou um ataque inescrupuloso a pessoa ou empresa. Essa expressão esportiva, assim como muitas outras, transcendeu o mundo do esporte e hoje é conhecida por qualquer pessoa cuja língua materna é o inglês. cf. CHEAP SHOT, HIT BELOW THE BELT.

◆ Unfortunately, those kinds of disputes happen all the time in business. They go with the territory. Every now and then, someone – a customer, a supplier, an employee, a competitor, a partner – delivers a **low blow** that hits you where it really hurts, and you get angry. So what do you do? Call a lawyer, of course.

◆ Infelizmente, esses litígios sempre acontecem no mundo dos negócios. Fazem parte do dia-a-dia. De vez em quando, alguém – um cliente, um fornecedor, um funcionário, um concorrente, um sócio – lhe aplica golpe baixo no seu ponto mais vulnerável e você se irrita. O que você faz então? Liga para o advogado, é claro.

◆ Berry missed the deadline but her spokeswoman indicated that the chairwoman was working quickly to respond to a series of questions that add up to nothing more than a **low blow**. *("Congressman Questions Berry's Authority" – Kelley Beaucar Vlahos – FOX News – February 23, 2002)*

◆ Berry não cumpriu o prazo mas sua porta-voz afirmou que a presidente estava trabalhando diligentemente para responder uma série de questões que não passavam de golpe baixo.

◆ Brazil officials considered the Canadian ban on Brazilian beef a **low blow**.

◆ As autoridades brasileiras consideraram que foi um golpe baixo do Canadá proibir a importação de carne bovina brasileira.

LOWER THE BAR
diminuir o nível de exigência

Em cada etapa das provas de salto em altura e salto com vara, os atletas são obrigados a superar uma determinada marca estipulada pelos organizadores da competição. Os que conseguem saltar com êxito passam para a próxima fase. Nas séries seguintes, entretanto, eleva-se o sarrafo, fazendo com que o grau de dificuldade vá aumentando até que apenas um concorrente consiga realizar o salto. Conseqüentemente, esse atleta será declarado vencedor. "Lower the bar" pode também significar, em outros contextos, diminuir o grau de dificuldade; definir padrões mais baixos; ser menos exigente. cf. RAISE THE BAR.

- Unfortunately, only a few students will meet the standards but the state should not **lower the bar**.
- Infelizmente, apenas alguns alunos irão atingir o índice, mas o Estado não deveria diminuir o nível de exigência.
- "The Gore campaign now wants to **lower the bar** because it needs more votes," said Ed Pozzuoli, chairman of the county's Republican Party. *("Board changes criteria for determining votes" – David Abel – The Boston Globe – November 20, 2000)*
- "A direção da campanha de Gore está querendo baixar o nível agora porque está precisando de mais votos", afirmou Ed Pozzuoli, presidente do diretório municipal do Partido Republicano.
- Many recruiters are now saying that companies will have to **lower the bar** because there just aren't enough qualified people out there.
- Muitos selecionadores afirmam que as empresas terão de baixar o nível de exigência simplesmente porque não há tantos profissionais qualificados no mercado.

LOWER THE GUARD

baixar a guarda

Um lutador de boxe jamais deve baixar sua guarda sob pena de levar um golpe no rosto. Muitas vezes, ele o faz devido ao cansaço extremo causado pela disputa, ficando, portanto, em situação de perigo. Em outras situações, essa expressão é usada para significar desatenção, cansaço ou despreocupação com algum tipo de problema ou ameaça. Observe, contudo, que ela é freqüentemente empregada na forma negativa.

◆ "The army did not **lower the guard** earlier, but with the new development, the Tigers may try to escalate attacks to make a point," the AFP news agency quoted a military field commander as saying. *("Sri Lanka on alert" – BBC News – April 24, 2001)*

◆ "O Exército não baixou a guarda anteriormente, mas com os novos acontecimentos os Tigres podem tentar intensificar os ataques como forma de protesto", teria afirmado um comandante militar segundo a agência de notícias AFP.

◆ The police did not **lower the guard** following the arrest of the alleged gang leader.

◆ A polícia não baixou a guarda depois da prisão do suposto líder da quadrilha.

◆ Even though there haven't been any incidents caused by this virus, software companies are unanimous in recommending users not to **lower the guard**.

◆ Embora não tenha havido nenhum incidente causado por esse vírus, as empresas de software são unânimes ao recomendar aos usuários que não baixem a guarda.

MAJOR LEAGUE

primeira divisão – os melhores profissionais – as grandes empresas – aqui a coisa é para valer (inf.) – estar entre as feras (inf.)

No beisebol, a expressão "major league" é usada para designar a "MLB – Major League Baseball", a principal entidade desse esporte que organiza o campeonato profissional incluindo equipes dos Estados Unidos e do Canadá. Por analogia, a mesma expressão é empregada para descrever uma equipe de profissionais altamente capacitados. cf. BIG LEAGUE.

◆ When it comes to medical care, we should be thankful because we are in the **major league** here at Georgetown University.

◆ Com relação a atendimento médico, deveríamos ser gratos pois estamos entre os melhores profissionais aqui na Universidade de Georgetown.

◆ We are constantly looking for better solutions with which to improve our performance. We're pushing our developers to come up with better products, try new ideas, and be creative. We're in the **major league** now and second best is not good enough when your reputation is at stake.

◆ Estamos constantemente procurando por soluções melhores com as quais possamos aprimorar nosso desempenho. Exigimos de nossos desenvolvedores que criem novos produtos, experimentem novas idéias e sejam criativos. Estamos competindo com as principais empresas do ramo e o segundo lugar não é suficiente quando a sua reputação está em jogo.

◆ Overall, to be a serious contender for the **major league**, it helps to have some of the following: The name of a major business school on your résumé (Harvard is good, so is Stanford. In Europe, INSEAD, LBS or IMD are popular). *("How to Become a Management Guru" – Des Dearlove and Stuart Crainer – Business-minds.com – 2001)*

◆ Em linhas gerais, para ter chances reais nas grandes empresas, é bom ter alguns dos seguintes requisitos: o nome de uma das principais faculdades de administração no seu currículo (Harvard é bom, assim como Stanford. Na Europa, INSEAD, LBS ou IMD são as famosas).

MAKE POINTS
agradar – impressionar – marcar ponto (inf.)

Em praticamente todas as modalidades esportivas, individuais ou coletivas, o objetivo primordial é acumular pontos. A mesma analogia é feita em inúmeras situações do dia-a-dia das empresas, escolas, etc. O mesmo princípio se aplica às expressões "to score points" e "to score big". cf. SCORE POINTS, SCORE BIG.

◆ The ideal report should be easy to read and at most two pages long. However, you will **make points** with the boss by covering the material in one page.

◆ O relatório ideal deve ser de fácil leitura e ter, no máximo, duas páginas. Contudo, você agradará ao chefe se condensar todo o material em uma página.

◆ If you do a good job on this assignment you will **make points** with the CEO.

◆ Se fizer bem o trabalho, você marcará pontos com o presidente.

◆ Candidates for high political office, Bush among them, used to **make points** with voters by disparaging bureaucrats. *("A Code Red wakeup call for INS" – Marsha Mercer – Source One Magazine – 2002)*

◆ Os candidatos aos principais cargos executivos no governo, inclusive Bush, costumavam agradar aos eleitores desmerecendo os burocratas.

MARATHON
maratona – prolongado – interminável

A notícia sobre uma vitória grega sobre os persas ocorrida na cidade de Maratona em 490 A.C. foi levada até Atenas por um soldado grego. A distância entre Maratona e Atenas é aproximadamente 40 km. Esse fato histórico deu origem à mais tradicional de todas as provas dos Jogos Olímpicos. Devido ao alto grau de esforço exigido nessa competição, o termo maratona passou a ser sinônimo de trabalho extenuante e prolongado que requer a mobilização de forças físicas, mentais e intelectuais. A palavra "marathon" pode também ser empregada como adjetivo.

- It takes a long time to build a company. It can be a painful and troublesome process. You have to realize that you're in a **marathon** and you need to pace yourself.
- Leva-se muito tempo para se construir um empresa. Pode ser um processo doloroso e problemático. É necessário perceber que você está em uma maratona e precisa dosar o ritmo.
- Typically, prospective buyers are lured in by the prospect of, say, free theme-park tickets or lobster dinners – only to be hit with **marathon** sales presentations and baffling offers that expire almost immediately. *("Assessing an Adventure In Time-Share Shopping" – Charles Passy – The Wall Street Journal – September 10, 2002)*
- Normalmente, os eventuais compradores são atraídos pela perspectiva de ganharem, digamos, ingressos gratuitos para parques temáticos ou jantares especiais – mas acabam sendo bombardeados com apresentações comerciais intermináveis e ofertas espetaculares cuja validade expira quase que imediatamente.
- And when those **marathon** meetings are over, you just feel like going home.
- E quando aquelas reuniões intermináveis chegam ao fim, você só pensa em ir para casa.

MINOR LEAGUE
BUSH LEAGUE

irrelevante – insignificante – menor – pequeno – sem importância – pé-de-chinelo (inf.)

No beisebol, usa-se a expressão "minor league" em oposição ao termo "major league", que se trata de referência à "MLB – Major League Baseball", a principal entidade desse esporte nos EUA. Uma "minor league" pode ser comparada à segunda divisão do futebol profissional, por exemplo. Apesar de desempenhar papel fundamental por servir de laboratório para teste de novos atletas, ela não recebe a mesma atenção da imprensa e do público. Por esse motivo, o adjetivo "minor-league", muito freqüente em outros contextos, é sinônimo de pequeno, irrelevante, etc. cf. MAJOR LEAGUE.

◆ Undeterred, the speakers address a gathering of several thousand from the back of a truck. By the standards of Pakistan's populous plains where Jamaat can pull a crowd of scores of thousands this is **minor-league** stuff. *("Into the Breach" – Anthony Davis – Asiaweek.com – 2001)*

◆ Desimpedidos, os oradores falam da carroceria de um caminhão para milhares de pessoas. Mas, na densamente habitada planície paquistanesa onde o Jamaat reúne dezenas de milhares, esse fato não tem tanta relevância.

◆ These massive players have become the European Super League, so named by Bob Scott, the insurance man who merged the UK's General Accident with Commercial Union and the Norwich Union to form CGNU, one of the world's largest insurers. They have no time for **minor-league** plays. *("Insurance Reinvented" – Adrian Leonard – Business Week – 2002)*

◆ Estas gigantes se tornaram a Super liga Européia, nome dado por Bob Scott, o homem de seguros responsável pela fusão da britânica General Accident com a Commercial Union e a Norwich Union que, juntas, formaram a CGNU, uma das maiores seguradoras do mundo. Eles não têm tempo para as companhias pequenas.

MONDAY MORNING QUARTERBACK
ARMCHAIR QUARTERBACK

palpiteiro – leigo – sapo (inf.) – sabichão – centroavante de poltrona – teórico

O "quarterback" é o jogador responsável pela armação de praticamente todas as jogadas ofensivas de sua equipe. Recai sobre seus ombros, portanto, praticamente toda a responsabilidade pelo sucesso ou pelo fracasso de sua agremiação. A expressão se refere àquele torcedor fanático que, do conforto de sua poltrona ou na segunda-feira após o jogo, acha que tem todas as respostas para as mais diferentes situações da partida. Essa expressão é constantemente usada em outras áreas, principalmente no meio político, com o mesmo significado, ou seja, alguém que, depois do fato consumado, diz como as coisas deveriam ter sido feitas.

- ◆ That may be hard for you **Monday morning quarterbacks** to understand but I thoroughly agreed with the president who was convinced that occupying Bagdhad would have sent a bad message to the Arab world.
- ◆ Talvez seja difícil para vocês, que são leigos no assunto, entenderem, mas concordo plenamente com o presidente, que estava certo de que a ocupação de Bagdá teria causado um mal-estar no mundo árabe.
- ◆ Construction safety is not for the **Monday morning quarterback** – you have to be on the field most of the time!
- ◆ A segurança na construção civil não é trabalho para teóricos – você precisa estar presente no campo na maior parte do tempo.
- ◆ It's very easy to play the **armchair quarterback** and say the government should have done this and that.
- ◆ É muito fácil, depois do ocorrido, ficar dizendo que o governo deveria ter feito isto ou aquilo.

NECK AND NECK
cabeça a cabeça – mano a mano – emparelhados – pau a pau (inf.)

No turfe, "neck and neck" retrata a situação de equilíbrio entre dois cavalos durante a disputa de um páreo. A mesma expressão é usada para descrever uma disputa acirrada entre dois ou mais concorrentes ou candidatos.

- Six months ago, the Conservatives and the Democrats were **neck and neck**.
- Há seis meses, os Conservadores e os Democratas estavam emparelhados.
- Specialists say that both companies are **neck and neck** in terms of software development capabilities.
- Os especialistas afirmam que as duas empresas têm capacidade semelhante para desenvolver novos softwares.
- Next year, U.S. officials estimate, the surplus could reach $50 billion. That would put China **neck and neck** with Japan, whose bilateral trade advantage with the U.S. is $66 billion and shrinking. *("Dragon Flies: China Swiftly Becomes An Exporting Colossus" – Joseph Kahn – The Wall Street Journal – November 13, 1995)*
- As autoridades americanas calculam que no próximo ano o superávit pode chegar a 50 bilhões de dólares. Isso colocaria a China emparelhada com o Japão, cuja vantagem comercial com os EUA, de 66 bilhões de dólares, vem diminuindo gradativamente.

OFF AND RUNNING

foi dada a partida – foi dada a largada – prosperar – estar em franco desenvolvimento

Essa expressão tem a sua origem no turfe e é usada para descrever os cavalos que já estão apresentando um bom desempenho desde o início da prova. Por analogia, é também aplicada em outros contextos para descrever os avanços significativos na realização de um trabalho ou na condução de um projeto.

◆ There is another way to get a business, new or old, **off and running**. It's called promotion. And the great thing about it is that it requires almost no money, just time, and the results are usually spectacular. *("Ask an Expert" – Steve Strauss – USA Today – January 19, 2001)*

◆ Existe uma outra forma para fazer um negócio, novo ou antigo, prosperar. Refiro-me às promoções. E o que é fantástico sobre as promoções é que elas requerem pouco dinheiro, precisam apenas de tempo, e os resultados são geralmente espetaculares.

◆ The Democrat candidate is **off and running**. He is scheduled to visit as many as nine states in 72 hours.

◆ Foi dada a largada para o candidato democrata. Sua programação compreende visitas a nove Estados em 72 horas.

◆ The Small Business Project is **off and running**, the company CEO told reporters at a news conference.

◆ O Projeto para Pequenas Empresas já está em andamento, disse o presidente a repórteres em uma coletiva.

ON AN EVEN KEEL

estar equilibrado – estar no prumo – tudo sob controle (inf.) – estar no rumo

A quilha ("keel") é a parte inferior da embarcação, que corre no sentido longitudinal. Quando o barco está equilibrado ou no rumo, diz-se que ele está "on an even keel". Usa-se essa analogia para retratar empresas, projetos, trabalhos, etc. que estejam se desenvolvendo com segurança e equilíbrio.

- The government has kept fiscal and monetary policy tight. This has also held the economy **on an even keel**. *("Political uproar raises economic doubts" – Henry Tricks – Financial Times – September 24, 1999)*
- O governo vem mantendo rígida política monetária e fiscal. Essa medida garantiu o equilíbrio da economia.
- Long-term fiscal planning can help keep state finances **on an even keel** despite this setback.
- O planejamento fiscal de longo prazo pode ajudar o Estado a manter suas finanças em equilíbrio apesar desse revés.
- Just as the company seemed to be getting back **on an even keel** the regional economy plunged into a deep recession.
- Justo quando havia sinais de que a empresa estava se equilibrando, a economia da região mergulhou em profunda recessão.

ON THE BALL (TO BE)

estar de olhos bem abertos – atento – competente – inteligente – ligado (inf.) – antenado (inf.)

A expressão "on the ball" é usada para descrever uma pessoa que é inteligente, atenta, competente, etc. Essa é uma variação da expressão "keep one's eye on the ball", usada no beisebol. O rebatedor terá maiores possibilidades de lograr uma boa rebatida se mantiver os olhos fixos na bola desde o momento em que ela deixa as mãos do arremessador até fazer contato com o taco. cf. KEEP ONE'S EYE ON THE BALL.

◆ Corporations are always looking for executives who are sharp, **on the ball** and very professional.

◆ As empresas estão sempre à procura de executivos que sejam inteligentes, competentes e muito profissionais.

◆ Everybody loves Peter at the office. He is a hard worker and is always **on the ball**.

◆ Todos no escritório gostam muito do Peter. Ele é trabalhador e está sempre atento.

◆ The person handling operations might not be **on the ball**, and this could quickly turn a profit into a loss. *("Property Partnerships Pose Plenty of Problems" – Robert Irwin – The Wall Street Journal – 2002)*

◆ A pessoa encarregada de cuidar das operações pode não estar atenta, e isso poderia transformar lucro em prejuízo.

ON THE LAST LAP (TO BE)

na última volta – nos instantes finais – na fase final – na reta final

Essa expressão se refere aos instantes finais que decidem as provas de atletismo, automobilismo, ciclismo, etc. A última volta quase sempre reserva as maiores emoções para os que acompanham as provas dessas modalidades. Muita vezes, a competição só se define nos momentos finais da prova. Fora do esporte, "on the last lap" denota a etapa final de uma atividade, trabalho ou projeto. cf. IN THE HOMESTRETCH (TO BE).

◆ According to our CEO, we are **on the last lap** of our restructuring the company's product portfolio.

◆ De acordo com o nosso presidente, estamos na fase final da reestruturação da carteira de produtos da empresa.

◆ "We are **on the last lap** of the Scottish criminal process, which is particularly important as we want to know whether this remaining accused is guilty or not." *("Lockerbie trial invalid – lawyer" – CNN – January 23, 2002)*

◆ "Estamos na reta final do processo criminal escocês, o que é particularmente importante, porque queremos saber se esse último acusado é culpado ou não."

◆ These courses are flexible in shape and length. Annwen Jones, the chief executive of the Juvenile Diabetes Research Foundation, is **on the last lap** of her modular MBA. *("A Rolls that's waiting for you" – The Guardian – January 26, 2002)*

◆ Esses cursos têm formato e duração flexíveis. Annwen Jones, a principal executiva da Fundação de Pesquisa sobre Diabetes Juvenil, está na reta final de seu MBA modular.

ON THE ROPES

nas cordas – em dificuldade – encurralado – cambaleante – mal das pernas (inf.)

Numa luta de boxe, as cordas podem ser usadas pelo lutador que está em postura ofensiva para encurralar seu adversário. Em contrapartida, o lutador pressionado pode também fazer uso das cordas para se sustentar e também como apoio para se esquivar de um golpe. Portanto, a expressão "on the ropes" é também usada fora do ringue para descrever pessoa ou empresa que passa por dificuldades, geralmente de caráter financeiro.

◆ With his company **on the ropes**, Motorola Inc. CEO Christopher B. Galvin scarcely has time for the media. *("F&A: Chris Galvin on the Record" – Roger O. Crockett – Business Week – July 16, 2001)*

◆ Com a sua empresa em dificuldade, Christopher B. Galvin, o presidente da Motorola Inc., mal tem tempo para a imprensa.

◆ The rebel movement had the government **on the ropes** carrying out several car-bomb attacks in the capital city.

◆ O movimento rebelde havia encurralado o governo explodindo diversos carros-bomba na capital.

◆ Some experts say the company is **on the ropes** because the sales it forecasted for the last quarter didn't materialize.

◆ Alguns especialistas afirmam que a empresa enfrenta dificuldades porque as projeções de vendas do último trimestre não se concretizaram.

OT (abbr.)

prorrogação – hora-extra

A abreviação "OT" ("overtime") se refere à prorrogação, período extra disputado entre duas equipes que terminaram empatadas no tempo regulamentar. No mundo dos negócios, usa-se a mesma abreviação para representar as horas extras.

- In most companies, **OT** is calculated when the hours actually worked exceed 44 in a single workweek.
- Na maioria das empresas, as horas extras são calculadas quando o número total de horas efetivamente trabalhadas for superior a 44 numa única semana de trabalho.
- A dedicated employee is expected to stay late and put in some **OT** every now and then.
- Espera-se de um funcionário dedicado que ele fique até mais tarde e que trabalhe algumas horas extras de vez em quando.
- Carrier also backs away from forced **OT** by mechanics to improve those talks. *("United, pilots move closer" – Chris Isidore – CNN – August 25, 2000)*
- Empresa aérea recua na questão sobre horas-extras compulsórias dos mecânicos para avançar nas negociações.

OUT IN LEFT FIELD

excêntrico – estranho – esquisito – errado – desinformado – por fora (inf.)

A origem dessa expressão é o "left field", região afastada do centro do campo de beisebol assim como "center field" e "right field". As jogadas principais durante uma partida de beisebol costumam ocorrer na área interna, também chamada de "infield".

Há duas explicações para o emprego dessa expressão. Uma teoria propõe que em alguns campos o "left field" fica mais longe do rebatedor que o "right field". A outra argumentação sustenta que o motivo se deve ao fato de os campos antigos de beisebol terem o "left field" maior do que o "right field" e, conseqüentemente, ser o local onde havia maior número de bolas perdidas e as confusões generalizadas ocorriam nessa parte do campo. Nos dias de hoje, a expressão "out in left field" é utilizada para descrever algo estranho ou errado com pessoa, empresa, atividade econômica, etc.

- He surely wasn't prepared; his answer was **out in left field**.
- Com certeza, ele não estava preparado; sua resposta estava totalmente errada.
- Their findings were so way **out in left field** that the major journals in the field rejected their paper.
- Os resultados da pesquisa foram tão estranhos que as principais revistas científicas se recusaram a publicar o trabalho.
- This highlights the fact that those asking the questions are not all **out in left field** somewhere. *("The GOP Congressional Agenda" – The Washington Post – September 1, 1999)*
- Isto mostra que aqueles que fazem as perguntas não estão totalmente desinformados.

OUT OF ONE'S LEAGUE (TO BE)

despreparado – deslocado – é muita areia para o meu caminhãozinho (inf.)

Essa expressão é uma referência às diferentes ligas ou divisões do beisebol praticado na América do Norte. Dentre elas está a "MLB – Major League Baseball", a principal entidade do beisebol que organiza o campeonato profissional incluindo equipes dos Estados Unidos e do Canadá. Usamos a expressão "to be out of one's league" em outros contextos, para descrevermos uma situação em que não nos sentimos preparados para competir com um ou mais adversários. Essa incapacidade pode se dar por motivos financeiros, físicos, intelectuais, etc.

◆ With the advent of the Internet people can now buy and sell stocks on their own even though they are totally **out of their league** in knowing what the company is really doing.

◆ Com o advento da Internet, as pessoas agora podem comprar ou vender ações sozinhas, muito embora estejam totalmente despreparadas no que tange ao desempenho real das empresas.

◆ Bush probably didn't convince many voters that he was an intellectual heavyweight, but he didn't seem **out of his league** either. *("Analysis: The GOP debate" – Stuart Rothenberg – CNN – December 3, 1999)*

◆ Provavelmente, Bush não convenceu muitos eleitores de que era um grande intelectual, mas também não deu mostras de estar despreparado.

◆ A Democratic strategist here said, "For quite a while, Patty seemed **out of her league**. She jumped straight from the state Senate to the Senate." *("In Wash. Senate Matchup, a Battle of Opposites" – David S. Broder – The Washington Post – October 21, 1998)*

◆ Um estrategista Democrata disse aqui: "Durante um bom tempo, a Patty parecia estar deslocada. Ela saltou do Senado estadual diretamente para o Senado federal".

OUT OF THE RUNNING

estar fora do páreo – desistir do páreo – descartado – carta fora do baralho – fugir da raia (inf.) – arrepiar carreira (inf.) – afinar (inf.)

Trata-se da forma oposta da expressão "to be in the running" (estar no páreo). Em outras áreas, ela é usada para descrever candidato ou concorrente que desistiu da disputa ou que praticamente não tem mais nenhuma chance de vitória. É muito utilizada nos meios políticos, nas situações em que um pretendente a cargo eletivo desiste da candidatura. cf. IN THE RUNNING (TO BE).

- ◆ The senator gave no indication that he is **out of the running** to be the presidential nominee.
- ◆ O senador não deu mostras de que estaria fora do páreo para a indicação do candidato a presidente.
- ◆ Of course, she realizes that may take her **out of the running** with certain potential clients. *("To Get a Job, Choose Your Words Carefully" – Patricia Kitchen – Chicago Tribune – January 20, 2002)*
- ◆ É claro, ela sabe que isto pode tirá-la do páreo com alguns clientes em potencial.
- ◆ It is a pity that she is **out of the running** because she was an outstanding candidate. However, it is her choice and we respect that.
- ◆ É uma pena que ele esteja fora do páreo porque ela era uma candidata extraordinária. Contudo, respeitamos sua decisão.

OUT-OF-BOUNDS

distante – acima da capacidade – fora de sua jurisdição ou alçada – improcedente – absurdo

A expressão "out-of-bounds" é usada nos esportes para descrever uma bola que está fora dos limites do campo de jogo. No basquete, para que haja a bola fora, é necessário que a bola toque no chão ou em um atleta que esteja fora da quadra. Em outros contextos, usamos essa expressão para retratar situação em que algo está fora dos limites, além da jurisdição, acima da capacidade, etc.

◆ Criticism of these schemes is no longer entirely **out-of-bounds** if it comes from those with enough authority. *("Green dawn" – John Gittings – The Guardian – June 11, 2002)*

◆ As críticas a estes planos não são mais totalmente improcedentes se forem feitas por quem tem de fato autoridade.

◆ The company has introduced a new line of products, but they might be priced **out-of-bounds** for the casual shopper.

◆ A empresa lançou uma nova linha de produtos, mas seus preços talvez estejam acima do poder aquisitivo do comprador eventual.

◆ You don't call your boss a liar! That's definitely **out-of-bounds**!

◆ Não se chama o chefe de mentiroso! Você passou dos limites!

PACE ONESELF
poupar-se – dosar o ritmo – resguardar-se

Nas provas de atletismo, é muito importante que os competidores saibam dosar seu ritmo para que não corram o risco de esgotarem suas forças antes do fim da competição. Ao mesmo tempo, não devem deixar que o líder se distancie demais, sob pena de não conseguirem mais alcançá-lo na fase final da corrida. Essa analogia é adotada no mundo dos negócios para retratar situação semelhante entre duas ou mais empresas concorrentes. cf. KEEP PACE WITH, SET THE PACE.

◆ In order to be a successful salesman, you have to learn to **pace yourself** to ensure that the customer is comfortable with you.

◆ Para se tornar um vendedor bem-sucedido, você deve aprender a dosar o ritmo para saber com certeza quando o cliente está à vontade com você.

◆ When the issue is serious, though, remember to say to yourself, "You know I'd love to do all this for my co-worker but I'm human and have only so many resources." Again, **pace yourself**. *("When bad things happen to workers" – Ann Humphries – CNN – January 18, 2001)*

◆ Quando a questão é grave, entretanto, lembre-se de dizer a si mesmo: "Sei que gostaria de fazer tudo isso para o meu colega de trabalho mas sou um ser humano e tenho limitações". Novamente, dose o ritmo.

◆ Workaholics beware! The best way to go through an intense period of work is to take breaks and do creative activities. By **pacing yourself** you will not only complete the project in time but also achieve better results.

◆ Atenção, trabalhadores contumazes! A melhor maneira de atravessar um período de trabalho intenso é fazer intervalos e realizar atividades criativas. Ao dosar o seu ritmo, você não apenas irá completar o projeto dentro do prazo como também alcançará melhores resultados.

PAR FOR THE COURSE

de nível intermediário – rendimento esperado – mediano – comum – natural – rotineiro

O "par" é o termo utilizado no golfe como a referência da média de tacadas dadas para se embocar a bola. Cada buraco tem seu "par" e cada campo tem um "par" total. Curiosamente, vence nesse esporte quem tiver o menor número de pontos. Os jogadores buscam estar sempre abaixo do "par", pois vence a competição aquele que conseguir completar o campo com o menor número de tacadas. cf. BELOW PAR, ABOVE PAR. Em outros contextos, significa apresentar rendimento normal, na média, comum, dentro das expectativas, etc.

◆ "I think it's **par for the course** when you're working with someone, especially when you're filming a love story, for people to assume there is a romantic involvement," says Holden, who is still looking for Mr. Right. *("Breakout: Laurie Holden" – Kelly Carter – USA Today – December 18, 2001)*

◆ "Acho que é natural as pessoas acharem que há envolvimento amoroso quando se está trabalhando com alguém, especialmente quando você está filmando uma história de amor", afirma Holden, que ainda procura por seu príncipe encantado.

◆ E-commerce has been **par for the course** in every industry since the late 90's.

◆ O comércio eletrônico vem sendo algo normal em todos os setores da economia desde o final dos anos 90.

◆ Unfortunately, layoffs have been **par for the course** in tech sectors across the board in the past two or three years.

◆ Infelizmente, as demissões em massa têm sido rotineiras em todos os setores tecnológicos nos últimos dois ou três anos.

PASS THE BATON
passar o bastão

Nas provas de revezamento no atletismo, os esportistas são obrigados a passar, de mão em mão, o bastão para seus colegas de equipe. A mesma simbologia é usada no mundo dos negócios para descrever a transferência de responsabilidade de se executar uma determinada tarefa ou o processo sucessório dentro de uma organização. cf. PASS THE TORCH.

◆ Many business owners don't know what to do when it's time to **pass the baton** to family members or employees.
◆ Muitos donos de empresas não sabem o que fazer quando chega a hora de passar o bastão para familiares ou empregados.
◆ But in every company's history, there is a time when it is appropriate to **pass the baton** and give a new management team the opportunity to lead, and that time has come at McDonald's. *("Greenberg Retires, Cantalupo Named McDonald's Chairman and CEO" – USA Today – December 5, 2002)*
◆ Contudo, na história de todas as empresas, chega o momento propício de passar o bastão e dar oportunidade a uma nova equipe administrativa. Com o McDonald's não foi diferente.
◆ Entrepreneurs are always concerned about **passing the baton** to their children without dropping it.
◆ Os empresários estão sempre preocupados em passar o bastão para seus filhos sem deixá-lo cair.

PASS THE TORCH
passar o bastão

Segundo a tradição, antes de cada Olimpíada, a tocha olímpica é levada de Atenas até a cidade-sede dos Jogos Olímpicos para que, na cerimônia de abertura, seja usada para acender a Pira Olímpica, que deverá permanecer acesa durante toda a competição. A tocha portanto é trazida a pé até a cidade-sede por atletas, personalidades e pessoas anônimas que se revezam nessa tarefa. Em outros contextos, a expressão é usada para simbolizar a transferência de responsabilidade para outra pessoa ou empresa na execução de uma determinada função. cf. PASS THE BATON.

◆ Until 1985, Harvard University and Hillsdale College in Michigan were alone in teaching such distinct business topics as how to **pass the torch** from father to daughter or how to demote junior. *("Family Affairs" – I. Jeanne Dugan – Business Week – June 14, 1997)*

◆ Até 1985, somente a Harvard University e a Hillsdale College em Michigan ensinavam matérias tão diferentes quanto a que demonstra como passar o bastão do pai para a filha ou como rebaixar o cargo do Júnior.

◆ His grandfather knew it was time to **pass the torch** and let the next generation run the business.

◆ Seu avô percebeu que era a hora de passar o bastão e deixar que a próxima geração administrasse o negócio.

◆ France, which holds the European Union presidency, will **pass the torch** to Sweden in January.

◆ A França, que atualmente ocupa a Presidência da União Européia, irá passar o bastão para a Suécia em janeiro.

PHOTO FINISH
decisão no "fotochart" – decisão apertada – olho mecânico

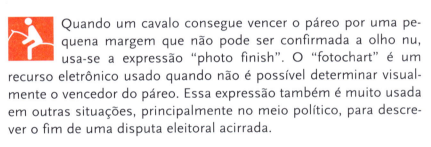 Quando um cavalo consegue vencer o páreo por uma pequena margem que não pode ser confirmada a olho nu, usa-se a expressão "photo finish". O "fotochart" é um recurso eletrônico usado quando não é possível determinar visualmente o vencedor do páreo. Essa expressão também é muito usada em outras situações, principalmente no meio político, para descrever o fim de uma disputa eleitoral acirrada.

- In Washington state the two candidates ended in a **photo finish**.
- No Estado de Washington, a decisão entre os dois candidatos foi no "fotochart".
- In a **photo finish**, the Republicans were the clear winners in the battle.
- Em decisão apertada, os Republicanos foram nitidamente os vencedores da batalha.
- "We're in a **photo finish** but each hour brings the conservatives closer – and I tell you we'll end up well ahead," he called. *("Hitler Comparison Causes Storm Before German Poll" – Philip Blenkinsop and Emma Thomasson – The Miami Herald – September 20, 2002)*
- "Estamos emparelhados, mas a cada hora que passa os conservadores estão chegando mais perto – posso afirmar que chegaremos bem na frente", diz ele.

PINCH HIT
substituir – ser coringa

No beisebol, o "pinch hitter" é aquele bom rebatedor que entra no jogo para substituir um companheiro seu que não apresenta um bom desempenho nessa posição. Geralmente, essa troca ocorre em um momento decisivo da partida. Portanto, o verbo "to pinch hit" é aplicado em diversos contextos para significar trocar, substituir ou fazer um favor para alguém.

◆ Rose will **pinch hit** for me while I'm out of town.
◆ A Rose vai me substituir enquanto eu estiver viajando.
◆ The director of marketing **pinch hit** Thursday for fellow VP for Technology Development, who was forced to cancel his presentation.
◆ O diretor de marketing substituiu nessa quinta-feira seu colega vice-presidente de Desenvolvimento Tecnológico, pois este fora obrigado a cancelar sua apresentação.
◆ We hired her as a consultant to run and **pinch hit** on workshops – we're really very small staffed – so we've known her through that kind of connection. *("Meet UCLA's Placement Director" – Business Week – December 14, 1998)*
◆ Nós a contratamos como consultora para administrar e ser substituta em oficinas – a nossa equipe é mesmo muito pequena – portanto, nós a conhecemos por meio desse tipo de relação.

PITCH A NO-HITTER

ter desempenho impecável ou extraordinário – arrebentar (a boca do balão) (inf.)

Essa expressão é usada para descrever uma partida de beisebol em que o arremessador ("pitcher") consegue um desempenho perfeito. Nesse esporte, o objetivo primordial do arremessador é fazer com que os rebatedores não consigam acertar as bolas que lhes são arremessadas e, conseqüentemente, não cheguem a conquistar a primeira base ("base hit"). Portanto, quando sua equipe consegue eliminar 27 rebatedores (três rebatedores vezes nove entradas), diz-se que ele "pitched a no-hitter". Em outras palavras, nenhum rebatedor avançou até a primeira base durante toda a partida. cf. STRIKE OUT.

◆ She was so enthusiastic about her health that she said she was ready to **pitch a no-hitter**.

◆ Ela estava tão entusiasmada com o seu estado de saúde a ponto de dizer que estava pronta para arrebentar a boca do balão.

◆ "I feel like I just **pitched a no-hitter** in the World Series!" exclaimed Mahan, after being bombarded with bids during the final session of Keeneland's summer select yearling sale. *("Keeneland Crescendo" – Deirdre B. Biles – auctions.bloodhorse.com – 2000)*

◆ "Sinto-me como se tivesse marcado um golaço na final da Copa do Mundo!", exclamou Mahan, depois de ser bombardeado com lances durante a última sessão do leilão de verão de animais de um ano de idade em Keeneland.

◆ Back in those days, every project was a smash hit. We could **pitch a no-hitter** every time.

◆ Naquela época, todos os projetos eram um sucesso absoluto. Nós sempre tínhamos um desempenho impecável.

PITCH ONE'S IDEAS

consultar – apresentar idéias – submeter propostas a apreciação – pedir opinião

O arremessador ("pitcher") é o jogador responsável pelos lançamentos feitos dezenas de vezes em direção aos rebatedores durante as partidas de beisebol. Portanto, a expressão "to pitch one's ideas" é usada em outros contextos para designar uma situação em que uma pessoa "lança" as suas idéias ou conceitos para outra. Espera-se com isso uma reação em forma de opinião, crítica, apoio, etc.

◆ You **pitch your ideas** to key contacts within the genres. *("How the Television Commissioning Process Works" – BBC News – 2002)*
◆ Você pede opinião para pessoas-chave dentro de cada gênero.

◆ I still have to **pitch my ideas** to the writing staff and to the president of the publishing company.
◆ Ainda tenho que consultar a equipe de redação e o presidente da editora.

◆ If I were you, I'd **pitch my ideas** to the portfolio managers. Maybe they could get interested enough to buy some stock.
◆ Se eu fosse você, eu conversaria com os administradores das carteiras. Talvez eles se interessem e comprem algumas ações.

PLAY BY THE RULES

jogar limpo – seguir as regras – ter espírito esportivo – "fair play"

Essa expressão tem a sua origem em diversas modalidades esportivas, porque todas elas estão submetidas a um conjunto de regras. Os atletas que não seguirem essas normas correm o risco de serem desclassificados. No mundo dos negócios, aplica-se essa analogia esportiva para descrever o funcionário cuja conduta é exemplar. cf. PLAY FAIR, FAIR PLAY.

- ◆ Just like me, many people were taught that if you **played by the rules** you would reap the rewards.
- ◆ Assim como eu, muitas pessoas aprenderam que, se jogasse limpo, você seria recompensado.
- ◆ Which brings up the fundamental problem with international law: It's by consent, so if you're powerful and don't want to **play by the rules**, you don't have to. *("Taking vengeance lessons from The Hague" – Lauren Comiteau – Chicago Tribune – September 30, 2001)*
- ◆ Isso ressalta o problema fundamental com o direito internacional: é por consentimento, portanto, se você for poderoso e não quiser seguir as regras, você não é obrigado.
- ◆ Just trust me on this one, in business, it always pays off to **play by the rules**.
- ◆ Pode acreditar em mim, sempre compensa jogar limpo no mundo dos negócios.

PLAY BALL
cooperar – negociar – iniciar – começar – dar o pontapé inicial (inf.)

 A expressão "to play ball" tem a sua origem no beisebol e significa jogar, brincar ou bater bola. Em outros casos, pode também significar cooperar ou começar.

- Industry specialists believe that the record companies will eventually have to **play ball**.
- Os especialistas do setor acreditam que as gravadoras vão acabar sendo obrigadas a cooperar.
- The software giant says it can force its competitors to **play ball**.
- A grande empresa de software afirma que pode forçar seus concorrentes a negociar.
- The diplomatic analysts said Jiang might be more accommodating on the Iraq front if Washington agreed to **play ball** on the Taiwan issue. *("China deals U.S. blow over Iraq" – Willy Wo-Lap Lam – CNN – August 27, 2002)*
- Os analistas em diplomacia afirmaram que Jiang poderia ser mais favorável com relação ao Iraque se Washington concordasse em cooperar na questão de Taiwan.

PLAY FAIR
jogar limpo – ter espírito esportivo

Os praticantes de todas as modalidades esportivas devem procurar se empenhar e disputar os jogos cumprindo as regras, sob pena de serem desclassificados. O emprego dessa expressão extrapolou o meio esportivo e é, hoje em dia, empregada em praticamente todos os segmentos da sociedade moderna. Geralmente, adquire o significado de trabalhar ou apresentar conduta de acordo com padrões éticos, sociais e morais. cf. FAIR PLAY, PLAY BY THE RULES.

◆ Some specialists say that business is a game. In order to succeed you've got to **play fair**.

◆ Alguns especialistas afirmam que o mundo dos negócios é como um jogo. Para ter sucesso, é necessário jogar limpo.

◆ And companies in the Web world still wonder whether they can trust Microsoft to **play fair** when they try to do business. *("So What's in the Cards for Microsoft?" – Steve Hamm and Peter Burrows – Business Week – November 22, 1999)*

◆ E as empresas da Web ainda não estão certas de poderem confiar no fato de que a Microsoft vá jogar limpo quando elas tentarem negociar.

◆ It's an unfortunate reality that companies compete and they don't always **play fair**. The situation gets even worse as the financial stakes become higher.

◆ É triste saber que as empresas competem entre si e nem sempre jogam limpo. A situação fica ainda pior à medida que os riscos financeiros aumentam.

PLAY HARDBALL
jogar duro – pegar pesado (inf.)

O beisebol profissional utiliza uma bola pequena e dura que acaba tornando o jogo mais agressivo do que o "softball", modalidade que usa uma bola maior e mais macia. Até mesmo a forma de arremessar a bola é diferente nas duas modalidades. No beisebol, o arremesso é feito por cima, proporcionando mais velocidade à bola. No "softball", o arremesso é feito por baixo. Fora do contexto esportivo, essa expressão quer dizer usar métodos mais agressivos para alcançar uma meta. Como acontece com a maioria das expressões oriundas do beisebol, "to play hardball" é usada com enorme freqüência no cotidiano dos cidadãos americanos.

- Drug trafficking has gotten worse in recent years and we are determined to **play hardball** with drug criminals.
- O tráfico de drogas vem aumentando nos últimos anos e estamos dispostos a jogar duro com os traficantes.
- This administration seems to be ready to **play hardball** with the Democrats.
- Esse governo parece estar disposto a jogar duro com os Democratas.
- But the government agency isn't planning to **play hardball**. Authority officials, rather, say they recognize that Starwood's difficulty in getting construction financing isn't the company's fault. (*"Starwood Gets a Break On New Boston Hotel" – Peter Grant – The Wall Street Journal – 2002*)
- Mas o órgão do governo não tem intenção de jogar duro. As autoridades, pelo contrário, afirmam reconhecer que a dificuldade da Starwood em conseguir financiamento para a construção não é culpa da empresa.

POLE-VAULT (v. & n.)

dar um salto extraordinário – impulsionar – propelir

A tradução de "pole vault" para o português é salto com vara, modalidade clássica do atletismo. Já o verbo "pole-vault" é usado para descrever o movimento realizado pelos atletas praticantes desse esporte. Em outros contextos, esse verbo se refere a um salto positivo e excepcional, geralmente impulsionado por algum fator externo. cf. CATAPULT.

◆ Personal computer sales alone are expected to **pole-vault** to $17.6, up $1.7 billion in 1997. *("A brave new info world?" – CNN – January 8, 1998)*

◆ As vendas de PCs devem saltar para 17,6 bilhões de dólares, um aumento de 1,7 bilhão em relação a 1997.

◆ The residency program of the neurosurgery department **pole-vaulted** to great heights and has become the top neurosurgical center in the country.

◆ O programa de residência do departamento de neurocirurgia deu um salto qualitativo extraordinário e se tornou o principal centro neurocirúrgico do país.

◆ The stock **pole-vaulted** this week to 134 points. That's more than 20% above its price estimates.

◆ A ação deu um salto extraordinário e subiu para 134 pontos. O aumento é de mais de 20% em relação às previsões.

PULL A FAST ONE ON SOMEBODY

surpreender – pegar alguém desprevenido – enganar – lograr – passar a perna – dar um chapéu (inf.) – dar um balão (inf.)

Essa expressão descreve a situação em que um lutador consegue surpreender o seu oponente devido à sua agilidade e precisão. Dentro do esporte, a expressão não implica fraude ou ato ilícito. Fora do meio esportivo, ela pode significar uma jogada astuta e, não raro, fraudulenta.

◆ The pop star **pulled a fast one on the reporters** and left through the back door.

◆ A estrela pop enganou os repórteres e saiu pela porta dos fundos.

◆ Came Sunday morning and by dawn's early light he knew – all the world knew – that the Russians had, overnight, **pulled a fast one on the United States** – they had rocketed Yuri Alekseyevich Gagarin around the Earth, the first human to travel in space. *("Optimism versus pessimism" – Alistair Cooke – BBC News – December 2, 1998)*

◆ Chegou o domingo de manhã e assim que amanheceu o dia ele sabia – o mundo todo sabia – que os russos tinham, de uma hora para a outra, passado a perna nos Estados Unidos – eles conseguiram fazer com que Yuri Alekseyevich Gagarin desse uma volta em torno da Terra, e se tornasse o primeiro homem a viajar pelo espaço.

◆ Hearns & Hearns **pulled a fast one on the competition** by introducing their new product line two months before the holiday season.

◆ A Hearns & Hearns enganou a concorrência lançando a sua nova linha de produtos dois meses antes do Natal.

QUARTERBACK (v.)
dirigir – comandar – ser o capitão do time

Ao contrário do que muita gente imagina, "quarterback" não é sinônimo de zagueiro. Esse jogador desempenha papel fundamental na armação das jogadas de ataque de sua equipe. Por esse motivo, sua função é semelhante à do armador no basquete ou do levantador no voleibol. Conseqüentemente, o verbo "to quarterback" significa comandar, dirigir, liderar, etc. É com esse sentido que a metáfora é usada no mundo dos negócios.

- ◆ He was hired to **quarterback** a team of professionals who will execute an effective financial plan.
- ◆ Ele foi contratado para comandar uma equipe de profissionais que executará um plano financeiro eficaz.
- ◆ Because Bob Dole knows how to move the ball, and he knows how to get things done, and he knows how to **quarterback** a team down the field into the end zone. *("Democracy in America 96" – CNN – 1996)*
- ◆ Porque Bob Dole sabe controlar a bola, sabe fazer as coisas acontecerem, ele também sabe levar a sua equipe ao ataque e driblar a defesa adversária.
- ◆ We need an experienced professional to **quarterback** the marketing department. The company cannot afford to take any chances in such a critical division.
- ◆ Precisamos de um profissional tarimbado para dirigir o departamento de marketing. A empresa não pode se dar o luxo de correr riscos numa divisão tão importante.

RAISE ONE'S GAME
melhorar o desempenho

Os atletas de diferentes modalidades esportivas estão sujeitos a altos e baixos em suas carreiras. Nos momentos cruciais de uma disputa, entretanto, eles são obrigados a elevar o nível de desempenho para superarem seus oponentes. A mesma analogia é feita no mundo dos negócios, pois executivos, políticos e empresários devem apresentar firmeza de propósito e determinação nos momentos críticos de suas carreiras. Para tanto, assim como os atletas, devem usar todas as armas de que dispõem: tenacidade, perseverança, disciplina, criatividade, liderança, tranqüilidade, força, equilíbrio, ousadia, etc. Somente assim terão condições de alcançar seus objetivos.

◆ She says the support of her fellow students with experience in corporations such as Shell, Barclays and NTL is helping her **raise her game** and adopt best private sector practice within her not-for-profit organisation. *("A Rolls that's waiting for you" – The Guardian – January 26, 2002)*

◆ Ela afirma que o apoio de colegas que têm experiência em empresas como Shell, Barclays e NTL a está ajudando a melhorar seu desempenho e a adotar as melhores práticas do setor privado em sua organização sem fins lucrativos.

◆ But could Mary – far away in Manchester for much of the time – **raise her game** to cope with that demand (on a pitifully tiny budget)? *("Woman of substance" – The Guardian – September 18, 2002)*

◆ Porém, conseguiria Mary – distante em Manchester na maior parte do tempo – elevar seu desempenho para atender a demanda (com um orçamento minúsculo)?

◆ And in his joint address on Thursday night he **raised his game** considerably, managing to inject some gravitas into his manner and speaking with statesman-like control. *("Analysis: Bush rises to the occasion" – By Gordon Corera – BBC News – September 21, 2001)*

◆ E em discurso conjunto na quinta-feira, ele melhorou sobremaneira seu desempenho, conseguindo injetar seriedade ao seu estilo e falando com o controle de um estadista.

RAISE THE BAR
elevar o nível de exigência

 Em cada etapa das provas de salto em altura e salto com vara, os atletas são obrigados a superar uma determinada marca estipulada pelos organizadores da competição. Aqueles que conseguem saltar com êxito passam para a próxima fase. Nas rodadas seguintes, entretanto, vai-se elevando o sarrafo, fazendo com que o grau de dificuldade vá aumentando, até que apenas um concorrente consiga realizar o salto. Conseqüentemente, esse atleta será declarado vencedor. Essa expressão também pode significar, em outros contextos, aumentar o grau de dificuldade, definir padrões mais elevados, ser mais exigente, etc. cf. LOWER THE BAR.

- There is one fundamental reason for the success of school-reform efforts: the state government has **raised the bar** on academic standards, both for students and schools.
- Existe uma razão fundamental para o sucesso das reformas no sistema educacional: o governo estadual aumentou o nível de exigência em relação aos índices acadêmicos tanto para os alunos quanto para as escolas.
- When owner Jeff Gramm opened Cayo Espanto in 1999, he **raised the bar** on luxury accommodations in Belize, with a staff-to-guest ratio of one-to-one and amenities once available only on islands like St. Bart's. *("Belize Hotels" – The New York Times – 2002)*
- Quando o proprietário Jeff Gramm inaugurou o Cayo Espanto, em 1999, ele elevou o nível dos hotéis de luxo em Belize, com um funcionário por hóspede e comodidades até então só existentes em ilhas como St. Bart.
- Over the years tax authorities have **raised the bar** for many financial institutions, including brokers, to the benefit of the consumers.
- Ao longo dos anos, a receita federal tem elevado o nível de exigência para muitas instituições financeiras, inclusive corretoras, em benefício dos consumidores.

RED CARD
cartão vermelho – expulsão

O cartão vermelho é usado pelo árbitro de futebol e simboliza a expulsão do atleta. Ele foi usado pela primeira vez na Copa do Mundo do México, em 1970. Seu objetivo principal é fazer com que os torcedores entendam claramente as decisões tomadas pelo árbitro além de facilitar a comunicação entre este e os jogadores que, em eventos internacionais, geralmente não falam o mesmo idioma. Na mesma época, foi também usado pela primeira vez o cartão amarelo. cf. YELLOW CARD.

◆ That measure would not only be considered unconstitutional but it would most probably earn the government a **red card**.

◆ Aquela medida não seria apenas considerada inconstitucional mas provavelmente causaria a deposição do governo.

◆ This administration is committed to showing extreme poverty the **red card**.

◆ Este governo está disposto a mostrar o cartão vermelho para a miséria.

◆ But using a soccer analogy, IMF Managing Director Michel Camdessus vowed at a news conference that he will "show the yellow card a little more," and he suggested the IMF was prepared in extreme cases to use "the **red card** of going public with its negative opinion on a given country." *("IMF Seeks to Be More Forceful in Approach to Crisis" – Paul Blustein – The Washington Post – April 18, 1998)*

◆ Entretanto, usando uma analogia do futebol, o diretor-gerente do FMI Michel Camdessus prometeu durante coletiva que irá "mostrar mais o cartão amarelo", e indicou que o FMI estava preparado para, em casos extremos, usar "o cartão vermelho, indo a público expressar sua crítica a um determinado país".

REFEREE (v. & n.)

julgar, mediar, arbitrar – árbitro, mediador, juiz

Em inúmeras modalidades, cabe ao árbitro tomar as decisões para garantir o bom andamento da prática esportiva. Por analogia, o verbo "to referee" também é usado com o mesmo sentido em outras situações em que seja necessária a mediação de uma pendência ou ainda o julgamento de alguma questão jurídica. No meio acadêmico-científico, usa-se esse verbo para designar o ato de revisar um trabalho científico e recomendar ou não a sua publicação em revistas especializadas.

◆ The Special Committee will hear residents' complaints to **referee** between those who oppose the construction of the nuclear power plant and city officials.

◆ O Comitê Especial ouvirá as reclamações dos moradores para mediar a questão entre os que se opõem à construção da usina nuclear e as autoridades municipais.

◆ The UN special envoy said a third-party **referee** was needed to move forward with the peace process.

◆ O enviado especial da ONU afirmou que um mediador independente era necessário para dar prosseguimento ao processo de paz.

◆ Supreme Court to **Referee** Ellis Island Tug-of-War. *("Supreme Court to Referee Ellis Island Tug-of-War" – Joan Biskupic – The Washington Post – May 17, 1994)*

◆ O Supremo Tribunal deve mediar o cabo-de-guerra em Ellis Island.

RIGHT OFF THE BAT
desde o início – logo de cara – começo – de pronto – imediatamente

Essa expressão se refere à bola de beisebol que é rebatida com força total logo no primeiro lançamento efetuado. Para o jogador do time que está atacando, o jogo tem início na posição de rebatedor. Se obtiver sucesso na rebatida, esse atleta poderá avançar para a primeira base, segunda base, terceira base, ou até mesmo voltar ao "home plate" e anotar assim 1 ponto para a sua equipe. Em outros contextos, a expressão "right off the bat" significa "começo".

◆ **Right off the bat**, the Kyoto protocol would need some form of tax on fossil fuels to reduce greenhouse emissions.

◆ Imediatamente, o protocolo de Kyoto necessitaria de algum tipo de tributação sobre os combustíveis fósseis para reduzir os gases que causam o efeito estufa.

◆ Rep. Barbara Lee, D-Calif., who introduced the measure to the committee, said, "Let me clarify **right off the bat** that no U.S. funds go to perform abortions abroad." *("Bush Rebuffed On Abortion" – CBS News – May 2, 2001)*

◆ A deputada Democrata da Califórnia Barbara Lee, que apresentou a medida à comissão, afirmou: "Gostaria de deixar claro desde o início que nenhum recurso americano é usado para realizar abortos no exterior".

◆ Let me tell you this **right off the bat**: I really like the way you've been handling things around here. I'm sure you'll have a great future in the company.

◆ Deixe-me falar isso logo de cara: gosto muito do jeito que você vem conduzindo as coisas aqui. Tenho certeza de que terá um grande futuro na empresa.

ROUGH-AND-TUMBLE (adj. & n.)
turbulento – violento – agressivo – dificuldades

 Essa expressão pode ser usada como adjetivo e como substantivo, e se refere aos primórdios do boxe. No fim do século 18, não havia regras e nem mesmo eram utilizadas luvas. Portanto, os combates eram extremamente violentos. A mesma analogia é usada hoje em dia para nos referirmos às dificuldades e incertezas tão comuns no mundo dos negócios.

- Still, those 2000 results are worth reviewing, because any diversified fund that held up through last year's **rough-and-tumble** markets deserves a serious second look. *("10 Best Mutual Funds for 2001" – Laura Lallos – CNN Money – 2001)*
- Ainda assim, os resultados de 2000 merecem revisão porque qualquer fundo diversificado que sobreviveu aos mercados turbulentos do ano passado deve ser reavaliado com muita atenção.
- After decades of insulation from the **rough-and-tumble** world of private employment, with its layoffs and forced retirements, employees of the U.S. government have been experiencing similar shocks. *("A Friendly Place for Displaced Federal Workers" – Jacqueline L. Salmon – Washington Post – December 12, 1996)*
- Depois de décadas de proteção contra o turbulento mercado de trabalho no setor privado, com demissões em massa e aposentadorias forçadas, os funcionários do governo americano começam a sofrer choques semelhantes.
- It seems as if they are unable to take the **rough-and-tumble** of being the defending government. *("Media 'incited protesters'" – BBC News – May 22, 2001)*
- Parece que não são capazes de enfrentar as dificuldades inerentes ao partido que está no poder.

ROUGH SEAS AHEAD

enfrentar dificuldades futuras – o tempo vai fechar (inf.) – o bicho vai pegar (inf.)

Essa expressão, derivada dos esportes náuticos, indica a perspectiva de dificuldades e desafios a serem enfrentados em futuro próximo. Essa analogia é feita em diversos contextos no mundo dos negócios para descrever possíveis problemas no caminho de empresas, profissionais, países, etc.

- They are also warning their own citizens to prepare for **rough seas ahead**. The good news: a coordinated initiative to rescue the global economy is now more likely. The bad news: it is motivated by increasingly precarious economic conditions worldwide. *("The Crisis Goes Global" – Jonathan Sprague – CNN – 2001)*
- Eles também estão alertando seus compatriotas para se prepararem para enfrentar dificuldades futuras. A boa notícia: há maior probabilidade de ocorrer uma iniciativa coordenada para salvar a economia global. A má notícia: ela é motivada por condições econômicas cada vez mais precárias em todo o mundo.
- Some investors were disappointed in the company's performance last year and believe that it has **rough seas ahead** – at least in the immediate future.
- Alguns investidores ficaram decepcionados com o desempenho da empresa no ano passado e acreditam que ela ainda enfrentará dificuldades – pelo menos no curto prazo.
- Analysts say that tech companies will continue to face **rough seas ahead** in spite of signs of economic recovery in some areas.
- Os analistas afirmam que as empresas de tecnologia continuarão a enfrentar dificuldades futuras, embora tenha havido sinais de recuperação econômica em algumas áreas.

RUN INTERFERENCE FOR SOMEONE
interceder por – fazer um favor para – quebrar o galho para (inf.) – limpar a barra de (inf.)

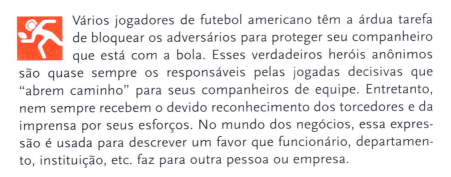

Vários jogadores de futebol americano têm a árdua tarefa de bloquear os adversários para proteger seu companheiro que está com a bola. Esses verdadeiros heróis anônimos são quase sempre os responsáveis pelas jogadas decisivas que "abrem caminho" para seus companheiros de equipe. Entretanto, nem sempre recebem o devido reconhecimento dos torcedores e da imprensa por seus esforços. No mundo dos negócios, essa expressão é usada para descrever um favor que funcionário, departamento, instituição, etc. faz para outra pessoa ou empresa.

- There was a time when the Secret Service **ran interference for adulterous presidents**. *("Inside the Secret Service" – Joel Achenbach – The Washington Post – July 9, 1993)*
- Houve uma época em que o Serviço Secreto intercedia em favor dos presidentes adúlteros.
- I am a sinner and I would be lost forever without Jesus **running interference for me.**
- Sou um pecador e estaria perdido para sempre se não tivesse Jesus intercedendo por mim.
- The people at the Chamber of Commerce can **run interference for you** if you run into trouble with the Chinese bureaucracy.
- Os funcionários da Câmara de Comércio podem interceder em seu favor caso o Sr. enfrente dificuldades com a burocracia chinesa.

RUN WITH IT
TAKE THE BALL AND RUN WITH IT

*assumir ou tocar (projeto, plano, etc.) – dar andamento – dar continui-
dade – a bola é sua (inf.)*

Numa partida de futebol americano, o jogador que está com a posse de bola deve correr, penetrando o máximo que puder no território ocupado por seu adversário. Dessa forma, a sua equipe terá condições de se aproximar da "end zone" inimiga para, quando adentrá-la, anotar o "touchdown" e marcar seis pontos. Fora do mundo do futebol americano, a mesma expressão é adotada para descrever a implantação de um sistema, a condução de um projeto ou a realização de uma tarefa, etc.

◆ My boss was very supportive from the very beginning. He liked my idea about the business plan and told me to **run with it**.

◆ O meu chefe me deu apoio logo de início. Ele gostou da minha idéia sobre o plano de negócios e me disse que eu deveria tocar o projeto.

◆ The chair thought that Steve's plan would be a really good follow-up to the work the customer service folks were doing and that he should **run with it**. That's exactly what he did.

◆ O presidente achou que o plano do Steve seria muito bom para complementar o trabalho que o pessoal de atendimento ao cliente vinha fazendo e disse que ele poderia tocar o projeto. Foi exatamente o que ele fez.

◆ And with a president like Bill Clinton doing the passing, Gore faces the challenge of trying to take the economy and **run with it** at the same time he attempts to let the legacy of scandal fall to the pavement. *("The Long Goodbye" – CBS News – August 14, 2000)*

◆ E com um presidente como Bill Clinton fazendo os lançamentos, Gore terá de enfrentar o desafio de driblar as dificuldades econômicas ao mesmo tempo em que tenta jogar para escanteio o legado de escândalos.

SAVED BY THE BELL

salvo pelo gongo

Quando um dos lutadores é derrubado por seu adversário durante uma luta de boxe, o árbitro é obrigado a abrir a contagem protetora, ou seja, ele conta até 8 para que esse pugilista demonstre condições de prosseguir no combate. Essa situação é chamada de "knockdown". Caso o lutador esteja incapacitado, a contagem chega a 10, confirmando, assim, sua derrota por nocaute.

Se, contudo, soar o gongo que indica o fim do último assalto durante a contagem, esse lutador terá sido "salvo pelo gongo", ou seja, ele escapará de uma derrota por nocaute. Nesse caso, caberá aos três juízes decidirem o resultado do embate. Se, por outro lado, soar o gongo encerrando qualquer outro assalto, o juiz deve prosseguir a contagem e o lutador não será salvo pelo gongo.

Em outras situações, também pode significar ajuda inesperada que pode livrar alguém de situação de perigo ou dificuldade.

- ◆ She was actually **saved by the bell** when she was found to be pregnant and her sentence was commuted to house arrest.
- ◆ Ela foi na realidade salva pelo gongo quando ficou comprovada a sua gravidez e a sua sentença foi convertida em prisão domiciliar.
- ◆ Rural schools **saved by the bell**. *("Rural schools saved by the bell" – BBC News – February 28, 1998)*
- ◆ Escolas rurais salvas pelo gongo.
- ◆ His employer was going to ask him some tough questions about the report, but he was **saved by the bell** when somebody very important came to see her.
- ◆ A sua chefe iria fazer algumas perguntas difíceis sobre o relatório, mas ele acabou sendo salvo pelo gongo quando alguém muito importante veio conversar com ela.

SCORE BIG

marcar ponto – agradar – ter sucesso absoluto – encantar – tirar a sorte grande (inf.)

As expressões "score big" e seus sinônimos "make points" e "score points" estão presentes no dia-a-dia de pessoas e organizações. Elas fazem referência a inúmeras modalidades esportivas, tanto individuais quanto coletivas, que têm como objetivo principal o acúmulo de pontos. Excetua-se deste grupo o golfe, esporte em que, quanto menor for o número de pontos, ou seja, o número de tacadas para se embocar a bola, melhor será a posição do jogador no campeonato. cf. MAKE POINTS, SCORE POINTS.

◆ But as of 1999, he was still trading, he admitted, hoping he'd **score big** and be able to pay down the debt he racked up from his last trading debacle. *("Addiction" – The Wall Street Journal – 2001)*
◆ Mas, desde 1999, ele ainda negociava, admitiu, na esperança de tirar a sorte grande e quitar a dívida que acumulou devido a seu último fracasso comercial.
◆ As one of the only players in this market niche, the company is hoping to **score big** with consumers.
◆ Sendo uma das poucas a atuar nesse nicho de mercado, a empresa espera agradar bastante os consumidores.
◆ The sales force has high hopes that the new product will **score big** with consumers and that sales volumes will be in the hundreds of thousands.
◆ A equipe de vendas está bastante confiante de que o novo produto vai encantar os consumidores e o volume de vendas atingirá a casa de centenas de milhares de dólares.

SCORE POINTS
marcar ponto – agradar

Em praticamente todas as modalidades esportivas, individuais ou coletivas, o objetivo primordial é acumular pontos. A mesma analogia é feita em inúmeras situações cotidianas nas empresas, escolas, etc. O mesmo princípio se aplica às expressões "to make points" e "to score big". cf. MAKE POINTS, SCORE BIG.

◆ An executive visiting Japan may **score points** by initially refusing the place of honor.

◆ Um executivo em visita ao Japão pode agradar seus anfitriões recusando inicialmente o lugar de honra.

◆ Mike has been **scoring a lot of points** with the boss lately. Guess who the next marketing manager will be?

◆ Recentemente, Mike vem marcando muitos pontos com o chefe. Adivinhe quem vai ser o próximo gerente de marketing?

◆ Bush **scored points** throughout the fall campaign by emphasizing that he wants to bring a different tone to Washington, and he has repeated that goal often in the days since he was pronounced the winner in Florida. *("Stuart Rothenberg: Bush's fast start" – Stuart Rothenberg – CNN – January 31, 2001)*

◆ Bush marcou pontos durante a campanha de outono ao enfatizar que deseja trazer um novo estilo para Washington, e ele vem repetindo esse objetivo desde que foi declarado vencedor na Flórida.

SCREWBALL

excêntrico – esquisito – absurdo

No beisebol, esse substantivo indica um lançamento em que a bola faz uma curva totalmente inesperada. Fora do meio esportivo, a palavra "screwball" significa pessoa excêntrica, impulsiva ou caprichosa. Esse termo pode ser empregado tanto como substantivo quanto como adjetivo.

◆ The Democrat Senator believes that it is a **screwball** plan in which the proposed "cure" will eventually kill the patient.

◆ O senador Democrata acredita que se trata de um plano absurdo em que a suposta "cura" irá acabar matando o paciente.

◆ In a matter of months, the company had taken what seemed to be a **screwball** idea and turned it into a success story.

◆ Em questão de meses, a empresa adotou uma idéia aparentemente absurda e a transformou em uma história de sucesso.

◆ Have you considered changing fields? Probably looks like a **screwball** question, but going in a new direction is the unwritten Option 3. *("Tell Me About It" – Carolyn Hax – The Washington Post – August 23, 2002)*

◆ Você já pensou em mudar de ramo? Talvez pareça uma pergunta esquisita, mas mudar de rumo é a tácita Opção 3.

SET THE PACE

ditar o ritmo – cadenciar

Nas provas de meia e longa distâncias do atletismo, o atleta que assume a liderança na fase inicial da corrida acaba ditando o ritmo da prova. Os outros atletas podem, dessa forma, pouparem-se para a etapa final da competição. O "coelho", corredor que dispara na liderança, raramente tem condições de chegar ao fim da prova em condições de igualdade com os outros competidores. Fora do contexto esportivo, pode significar ditar o ritmo de trabalho, dar as ordens, estar no comando, etc. cf. PACE ONESELF, KEEP PACE WITH.

◆ As a seasoned politician and an accomplished businessman, he **sets the pace** of the government's economic policies.

◆ Como um político tarimbado e um empresário bem-sucedido, ele dita o ritmo das políticas econômicas do governo.

◆ Will Yahoo! **Set the Pace** for Internet Stocks? *("Will Yahoo! Set the Pace for Internet Stocks?" – Amey Stone – Business Week – April 8, 1999)*

◆ A Yahoo! ditará o ritmo das ações da Internet?

◆ Experts believe that GSM will **set the pace** of growth in the telecommunications industry.

◆ Os especialistas acreditam que o GSM irá ditar o ritmo de crescimento no setor de telecomunicações.

SEVENTH-INNING STRETCH
pausa – intervalo – descanso

Uma partida de beisebol não tem duração preestabelecida. O encerramento, caso não haja empate, só ocorre depois de disputadas nove entradas ("innings"). Portanto, a duração de um jogo pode variar de 2 horas até mais de 3 horas. Tradicionalmente no beisebol americano, faz-se uma interrupção no meio da sétima entrada, para que os torcedores possam "esticar as pernas" depois de decorridos mais de dois terços da partida. A mesma expressão é usada em muitas outras áreas para significar breve intervalo para descanso.

◆ As for a turnaround, ABC is nowhere near the **seventh-inning stretch**. Eisner has properly set a low target this year, telling analysts it will take more than a single season to put ABC back into serious contention. *("How ABC Could Salvage Its Season" – Ronald Grover – Business Week – October 21, 2002)*

◆ Em termos de virada de jogo, a ABC não está nem perto do intervalo. Eisner provavelmente estabeleceu um objetivo mais baixo para este ano dizendo aos analistas que será necessário mais de uma temporada para que a ABC volte a ser competitiva.

◆ This time the team of consultants finished the work in 45 minutes, but their leader filled the time until 4 p.m. by ordering a much needed **seventh-inning stretch**.

◆ Dessa vez a equipe de consultores terminou o trabalho em 45 minutos, mas o líder preencheu o tempo até as 16 horas com um intervalo muito bem-vindo.

◆ According to Wall Street, the Internet economy likely to be heading into a "**seventh-inning stretch**".

◆ De acordo com Wall Street, a economia da Internet provavelmente se encaminha para um "intervalo".

SHAPE UP OR SHIP OUT

enquadre-se ou será descartado – respeite as regras sob pena de ser exonerado – dar um ultimato – entre na linha ou rua!

Essa expressão tem a sua origem na tradição dos esportes náuticos. Tanto no meio esportivo quanto fora dele, "shape up or ship out" tem o sentido de alerta, ameaça ou até mesmo de ultimato. Em outras palavras, a expressão indica a obrigatoriedade do funcionário em seguir a política da empresa sob pena de demissão.

◆ Carphone Warehouse, the mobile phone retailer and services company, has placed its broker, Credit Suisse First Boston, on notice that it needs to **shape up or ship out**, according to informed sources. *("Outwardly mobile" – Richard Wray – The Guardian – June 8, 2002)*

◆ A Carphone Warehouse, a empresa de serviços e de telefonia móvel no varejo, deu à sua corretora, a Credit Suisse First Boston, um ultimato, segundo fontes bem informadas.

◆ After four months of graduate school I got a letter from the Dean asking me to **shape up or ship out**.

◆ Depois de quatro meses de aula no curso de pós-graduação, recebi uma carta do reitor me pedindo para entrar na linha ou abandonar o curso.

◆ There are no two ways about it here; either you **shape up or ship out**. I'm not tolerating that kind of behavior anymore.

◆ Não há alternativa; ou você entra na linha ou será demitido. Não vou mais aceitar esse tipo de comportamento.

SHOOT

manda bala (inf.) – sou todo ouvidos – pode falar – desabafe

No basquete, o verbo "to shoot" significa arremessar. Quando usado na forma imperativa em outros contextos, "to shoot" quer dizer começar a falar quase sempre para apresentar uma idéia ou sugestão. Essa acepção indica, portanto, um grau de incerteza relacionada ao resultado de um arremesso à cesta. cf. HE SHOOTS, HE SCORES!

◆ A: I have a great idea for a slogan. B: Okay, **shoot**.
◆ A: Tenho uma idéia fantástica para o slogan. B: Tudo bem, manda bala.

◆ A: Do you have a minute? There's something I'd like to say to you. B: That's OK. **Shoot**.
◆ A: Você tem um minuto? Gostaria de lhe dizer algo. B: Tudo bem. Pode falar.

◆ A: Anyway, I've got some questions for you if you don't mind. B: Ok, **shoot**.
◆ A: Bom, posso fazer algumas perguntas? B: OK, manda.

SIDELINE (v. & n.)
deixar de lado – afastar – ostracismo – esquecimento

 Na língua inglesa, o substantivo "sideline" representa o espaço lateral fora do campo de jogo ocupado por treinadores, jogadores reservas e espectadores. Conseqüentemente, o termo "sidelines" indica a posição ou o ponto de vista daqueles que não participam diretamente das ações ocorridas em campo. O mesmo princípio também se aplica ao verbo "to sideline". Conforme podemos constatar nos exemplos abaixo, essa expressão transcende o meio esportivo e também é aplicada em outras áreas do conhecimento humano.

♦ These groups once opposed the Taliban, but Afghan intelligence sources confirm that the old disputes have been **sidelined** in the face of a common enemy: America and its Afghan allies. *("Encountering the Taliban" – Michael Ware – Time – March 23, 2002)*
♦ Esses grupos já se opuseram ao Talibã, mas o serviço de informações afegão confirma que as velhas rixas foram deixadas de lado diante do inimigo comum: os Estados Unidos e seus aliados afegãos.
♦ These are crucial days for Mr Gore, who must regain the initiative from the increasingly upbeat Republicans, who left Philadelphia yesterday confident that their candidate is leading his party back to the White House after eight years on the political **sidelines**. *("Pepped up Bush stalks the swing states" – Martin Kettle – The Guardian – August 5, 2000)*
♦ Esses serão dias decisivos para o Sr. Gore, que deve retomar a iniciativa dos cada vez mais entusiasmados Republicanos. Estes deixaram a Filadélfia ontem confiantes de que seu candidato os reconduzirá à Casa Branca depois de oito anos de ostracismo político.
♦ While the shaky economy has driven many office-building buyers to the **sidelines**, Shorenstein Co. is kicking into high gear. *("Contract Pushes Shorenstein" – Peter Grant – The Wall Street Journal – June 19, 2002)*
♦ Embora a economia cambaleante tenha afastado muitos compradores de edifícios comerciais, a Shorenstein Co. está intensificando suas atividades.

SINK OR SWIM

dedicação ou rua! – não ter outra opção – não ter outra alternativa – dê o sangue ou peça demissão – é com você – ou você consegue ou você afunda – é matar ou morrer (inf.)

. Usada no mundo dos negócios, essa expressão se refere ao funcionário que tem duas opções: trabalhar com dedicação, ou seja, nadar, ou ser demitido devido à indolência e morrer afogado. Ela também pode ser empregada para descrever um momento decisivo em que a empresa como um todo ou parte dela deverá se dedicar com afinco a uma determinada tarefa ou então ser obrigada a encarar as conseqüências advindas do insucesso.

◆ Some companies will give you two weeks of training, then it's **sink or swim**.

◆ Algumas empresas lhe darão duas semanas de treinamento, depois é com você.

◆ In the real world of business, you **sink or swim** on your ability to satisfy customers. *("Bureaucracy hurts reform" – David Salisbury – USA Today – February 5, 2002)*

◆ No mundo real dos negócios, ou você sabe satisfazer o seu cliente ou você afunda.

◆ It's **sink or swim** for the local companies when import floodgates are opened.

◆ Quando a importação for liberada, as empresas locais não terão outra opção a não ser matar ou morrer.

SIT ON THE SIDELINES
ficar no banco de reservas – ser observador – ficar de fora – sair de cena – estar à disposição – ficar de "stand-by"

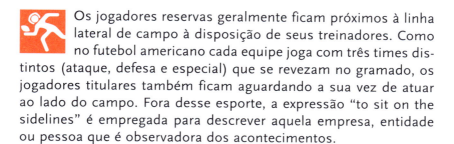 Os jogadores reservas geralmente ficam próximos à linha lateral de campo à disposição de seus treinadores. Como no futebol americano cada equipe joga com três times distintos (ataque, defesa e especial) que se revezam no gramado, os jogadores titulares também ficam aguardando a sua vez de atuar ao lado do campo. Fora desse esporte, a expressão "to sit on the sidelines" é empregada para descrever aquela empresa, entidade ou pessoa que é observadora dos acontecimentos.

- Analysts say the US government shouldn't **sit on the sidelines** in this case.
- Os analistas afirmam que o governo americano não deveria ficar de fora desse caso.
- Many Internet companies **sat on the sidelines** last year as stocks stumbled after the initial Web euphoria. *("Another net IPO frenzy – with a difference" – Heather Green – Business Week – March 19, 1998)*
- Muitas empresas de Internet saíram de cena no ano passado enquanto as ações tropeçavam depois da euforia inicial com a Web.
- The 65-year-old former Democratic senator said he was finding it "very hard to **sit on the sidelines**", and was taking seriously pleas that he should put his name forward for the party's 2004 nomination. *("Hart set on White House bid" – Oliver Burkeman – The Guardian – November 6, 2002)*
- O ex-senador Democrata de 65 anos afirmou que estava achando "muito difícil ficar de fora" e que estava pensando seriamente em atender aos pedidos para que ele dispute a indicação do partido em 2004.

SLAM DUNK
barbada – moleza – garantido – líqüido e certo

Na língua inglesa, "slam dunk" é uma expressão usada no basquete e significa "enterrar" a bola. Trata-se de movimento vigoroso em que o atleta salta acima do aro e empurra a bola com força para dentro da cesta. Essa jogada acontece geralmente quando o jogador está desmarcado e tem a cesta à sua disposição. Conseqüentemente, quando esse lance ocorre durante uma partida, todos têm a certeza de que serão convertidos dois pontos. Em outros contextos, ela pode tanto significar movimento convincente, potente, vigoroso, etc. ou algo tido como praticamente garantido, certo ou inevitável.

No mercado de ações, por exemplo, usa-se a expressão "slam dunk" para indicar ação de empresa que acaba de abrir seu capital e que deverá apresentar aumento substancial nos primeiros dias de pregão. Esse papel poderá ser rapidamente vendido por um preço mais alto. Em outras palavras, uma "barbada".

◆ The company executives thought it was going to be a **slam dunk** but it seems the plan didn't work as expected.

◆ Os executivos da empresa achavam que seria uma barbada, mas aparentemente o plano não funcionou como se esperava.

◆ Picking stocks is hardly the **slam dunk** it was during the bull market. After all, who knows what company is the next Enron Corp.? *("Beyond Stocks and Mutual Funds" – Anne Tergesen – Business Week – April 2, 2002)*

◆ Escolher ações não é mais tão fácil quanto na época em que o mercado estava em alta. Afinal de contas, ninguém sabe qual será a próxima Enron.

◆ Now I will say again, this is not a **slam dunk**, this is a difficult issue, this is a difficult decision. *("Excerpts From Clinton Address" – The Washington Post – March 24, 1999)*

◆ Bom, vou dizer novamente que não está nada garantido, essa é uma questão complicada, trata-se de decisão difícil.

SMOOTH SAILING

fácil – sossego – tranqüilidade – moleza – navegar em águas calmas – bons ventos – mar de almirante

Usamos a expressão "smooth sailing" para descrever trabalho ou projeto que está em pleno andamento e se desenvolve sem obstáculos. Essa analogia encerra a imagem de um veleiro navegando tranqüilamente por águas calmas com vento necessário para impulsionar bem a embarcação.

◆ But issues ranging from trade disputes and global warming to Europe's plans for its own umbrella military force and the opposition to U.S. missile defense plans suggest relations with Europe won't be **smooth sailing**. *("How the World Sees President Bush" – Tony Karon – Time – December 14, 2000)*

◆ Mas as questões que vão desde as disputas comerciais e o aquecimento da terra até os planos europeus de ter a sua própria força militar continental e a oposição aos planos americanos de defesa antimísseis indicam que as relações com a Europa não serão fáceis.

◆ Nothing is as important as getting good grades your first year of medical school and then the rest of college will be **smooth sailing**.

◆ Nada é tão importante quanto tirar boas notas no primeiro ano da faculdade de medicina, depois fica tudo mais fácil.

◆ Economy sees **smooth sailing**, for now. *("Wall Street Takes a Break" – Catherine Tymkiw – CNN – August 25, 2000)*

◆ Bons ventos para a economia, por enquanto.

STALL FOR TIME
fazer cera – ganhar tempo – enrolar – matar o tempo

 "Stall for time" significa retardar o andamento normal da partida. Essa prática condenável é adotada pela equipe que tem vantagem no placar e que, por esse motivo, procura fazer o tempo passar para conseguir confirmar sua vitória parcial. Fora do esporte, a expressão também é usada com o mesmo sentido.

◆ But U.S. Secretary of State Colin Powell dismissed the overture, saying Hussein was trying to **stall for time**. *("Senators urge Bush to make case for Iraq war" – CNN – August 4, 2002)*
◆ Mas o secretário de Estado Colin Powell descartou a proposta, afirmando que Saddam Hussein estava tentando ganhar tempo.
◆ They were definitely **stalling for time** to think of the right way to answer that question.
◆ Com certeza, estavam ganhando tempo para pensar na forma correta de responder aquela pergunta.
◆ Analysis: Iraqis **Stall for Time**, Playing Weak Hand Well. *("Analysis: Iraqis stall for time, playing weak hand well" – Michael R. Gordon – New York Times News Service – October 4, 2002)*
◆ Análise: os iraquianos ganham tempo, jogando bem com o pouco que têm.

STEP UP TO THE PLATE
COME UP TO THE PLATE

assumir (responsabilidade) – chamar a responsabilidade para si – ter desempenho extraordinário – liderar

No beisebol, uma jogada de ataque sempre tem início quando um jogador se apresenta para desempenhar a função de rebatedor no "home plate". Dependendo da situação durante a partida, esse jogador é submetido a enorme pressão, pois depende de seu desempenho a anotação de pontos para a sua equipe. Em outros contextos, a expressão "step up to the plate" significa apresentar um bom desempenho sem se deixar abater pelas dificuldades ou pressão emocional inerentes a qualquer tarefa importante.

◆ The Fire Department **stepped up to the plate** for us therefore we must let them know how much we value their contribution to our community.

◆ O Corpo de Bombeiros não se furtou de sua responsabilidade e, portanto, devemos expressar toda a nossa gratidão pela contribuição dada à comunidade.

◆ Sullivan also threw back at committee Chairman Fred D. Thompson (R-Tenn.) some of the phrases that Thompson used Tuesday when he called on President Clinton to "**step up to the plate**" and "take responsibility" for Democratic fund-raising abuses. "This is your Senate," Sullivan said. "This is your Republican Congress." *("DNC Ex-Aide Denies Teamster Link" – Edward Walsh – Washington Post – October 10, 1997)*

◆ Sullivan também devolveu ao presidente da comissão, o deputado Republicano pelo Tennessee Fred D. Thompson, algumas das frases que Thompson usara na terça-feira, quando ele conclamou o presidente Clinton a "não ser omisso" e "assumir a responsabilidade" quanto às supostas irregularidades cometidas pelo Partido Democrata na arrecadação de fundos de campanha. "Este é o seu Senado", Sullivan disse. "Este é o seu Congresso Republicano."

STRIKE OUT (v.) / STRIKEOUT (n.)

fracassar – falhar – ser eliminado – pisar na bola – marcar bobeira (inf.) – comer barriga (inf.)

Numa partida de beisebol, o rebatedor é eliminado quando, depois de três arremessos válidos, não consegue uma rebatida. O arremesso válido é aquele que passa pela "zona de strike", ou seja, uma área imaginária acima do "home plate" com 43 cm de largura e com altura que vai do joelho à axila do rebatedor. Cabe ao juiz ("home plate umpire") determinar se o arremesso foi válido ("strike") ou não ("ball"). Um "strike" também pode ser computado em arremessos fora da zona de "strike" somente se o jogador fizer o movimento com o taco para tentar rebater a bola.

◆ But as a former baseball exec, Bush knows the dangers of swinging for the fence: A **strike out** is much more likely than a home run. *("Commentary: Bush: What Price Fast Track?" – Paul Magnusson – Business Week – June 3, 2002)*

◆ Entretanto, por ser ex-executivo do beisebol, Bush conhece os perigos de se tentar uma rebatida arriscada: a eliminação é mais provável do que o "home-run".

◆ There are more than 30 ways to **strike out** in an interview. Making one of these mistakes can make a difference between getting the position and just wasting your time.

◆ Há mais de 30 maneiras de pisar na bola durante uma entrevista. Cometer um desses erros pode ser a diferença entre ser contratado e apenas perder o seu tempo.

◆ "You don't have to hit a home run your first month on the job, but you certainly don't want to **strike out**," says Dr. Brian Stern, a principal with Shaker Consulting Group, a Cleveland, Ohio-based HR consulting company. *("Tread lightly when entering a new job" – Denise Kersten – USA Today – September 12, 2002)*

◆ "Você não precisa marcar um gol de placa no primeiro mês de trabalho, mas com certeza não se deve pisar feio na bola", afirma o Dr. Brian Stern, um dos principais consultores da Shaker Consulting Group, uma empresa de consultoria de RH localizada em Cleveland, Ohio.

SWAN DIVE (v. & n.)
cair vertiginosamente – despencar – queda – baixa

Essa expressão tem a sua origem nos saltos ornamentais e, quando usada como substantivo, descreve um tipo de salto em que o atleta mantém as duas pernas esticadas, as costas arqueadas e as mãos junto ao corpo. Antes de entrar na água, os braços, esticados, sobem pela lateral do corpo e se unem no alto da cabeça. No mundo financeiro, a expressão é mais comumente usada como verbo e indica uma queda vertiginosa, por exemplo, no preço de uma ação ou de um índice econômico.

- And a report by Forester Research says that despite the Nasdaq **swan dive** and the VC drought, people spent $45 billion online last year, and they predict that figure will reach $75 billion this year. *("The Internet Didn't Fail. Wall Street Failed the Internet – Richard Stengel – Time – August 3, 2001)*
- E um relatório da Forester Research afirma que, apesar da queda vertiginosa da Nasdaq e da escassez de capital de investimento, foram gastos 45 bilhões de dólares na Internet e eles estimam que esse número chegará a 75 bilhões de dólares neste ano.
- The Dow **swan dived** 100 points in its first 10 minutes of trading.
- O índice Dow Jones caiu 100 pontos nos 10 primeiros minutos do pregão.
- On the other hand, I haven't had the nerve to check the fund's new values since the market's **swan dive** last week. *("Software and Web Tools: What Works?" – George Hager – The Washington Post – September 28, 1999)*
- Por outro lado, ainda não tive coragem de verificar os novos valores do fundo desde a baixa da semana passada.

SWITCH HITTER

versátil – flexível – polivalente – eclético – ambidestro – bissexual – gilete (gíria)

A expressão "switch hitter" foi inicialmente usada para descrever os jogadores de beisebol que conseguiam rebater tanto pelo lado direito quanto pelo esquerdo. O rebatedor destro tem maior probabilidade de acerto quando enfrenta um arremessador canhoto, e vice-versa. Portanto, o rebatedor ambidestro sempre terá uma vantagem a mais sobre o lançador. Nos anos 50, a expressão começou a ser usada para se referir às pessoas ambidestras em geral. Em diversos outros contextos, usamos "switch hitter" para descrevermos uma pessoa capaz de se adaptar facilmente e que apresenta flexibilidade para desempenhar duas funções ou atividades paralelas. A partir dos anos 60, ela passou a também significar bissexual.

- He has proven to be a true **switch hitter** because he has bought whole businesses and portions of businesses in the stock market.
- Ele já deu provas de ser bastante flexível, pois já comprou no mercado de ações empresas inteiras e participações em outras companhias.
- The White House message factory, run by political consultant Dick Morris, a two-party **switch hitter**, helped him turn that success into a full-blown strategy. *("Clinton's Stealth Campaign" – Eric Pooley – CNN – April 22, 1996)*
- A fábrica de mensagens da Casa Branca, administrada pelo consultor político Dick Morris, um polivalente que já trabalhou para os dois partidos, o ajudou a transformar aquela vitória em estratégia altamente desenvolvida.
- Terms such as "faggot", "**switch hitter**", "dyke", and the hundreds of other slurs that implicate sexual orientation will not be tolerated on school premises.
- As palavras "bicha", "gilete", "sapatão" e outras centenas de difamações que indicam preferências sexuais serão proibidas nas dependências da escola.

TACKLE
enfrentar – encarar – peitar (inf.)

No futebol americano, "tackle" significa interceptar o avanço do jogador adversário, derrubando-o ao chão. Como ocorre com todas as expressões deste livro, a sociedade toma emprestado dos esportes a simbologia de uma situação de jogo e a emprega em outros contextos. Nesse caso, quem usa o verbo "tackle" fora do meio esportivo o faz para demonstrar o empenho com que tentará solucionar um problema. Em outras palavras, é o mesmo que enfrentar uma dificuldade com muito vigor e determinação.

◆ As Internet Use Soars, Turkey Gets Ready to **Tackle** E-Commerce *("As Internet Use Soars, Turkey Gets Ready to Tackle E-Commerce" – Pelin Turgut – The Wall Street Journal – 2002)*
◆ À medida que cresce o uso da Internet, a Turquia se prepara para enfrentar o comércio eletrônico.
◆ Experts say that only an experienced leader will be able to **tackle** the country's crisis and restore political and economic stability.
◆ Os especialistas afirmam que somente um líder experiente poderá enfrentar a crise do país e restaurar a estabilidade política e econômica.
◆ The World Bank suggested the best way to **tackle** the problem would be to develop retirement plans that involve three vital pillars of an economy: the government, employers and the individual. *("Battle Grows Fiercer for a Slice of Hong Kong's Huge Pension Pie" – Angela Khalil – The Wall Street Journal – 2002)*
◆ O Banco Mundial sugeriu que a melhor maneira de enfrentar o problema seria a criação de planos que contassem com a participação de três pilares fundamentais da economia: o governo, os empresários e os cidadãos.

TAKE A RAIN CHECK

adiar – solicitar adiamento (de um compromisso) – deixar para depois – ficar para outra ocasião – omitir-se

Os jogos de beisebol normalmente não são realizados sob chuva. Se começar a chover forte antes do início ou durante a partida, os torcedores presentes no estádio recebem o "rain check", uma espécie de vale que dá direito a um ingresso para assistirem ao mesmo jogo numa outra ocasião. Essa popular expressão significa, em outros contextos, postergar ou solicitar adiamento de um compromisso.

◆ So while Republican Mayor Rudy Giuliani takes pride in leading the nation's oldest and largest St. Patrick's Day parade, most Democrats **take a rain check**. *("It's Not Easy Being Green" – CBS News – March 2000)*

◆ Enquanto o prefeito Republicano Rudy Giuliani orgulha-se em liderar a maior e mais antiga parada de São Patrício do país, a maioria dos Democratas se omitem.

◆ Tom was disappointed when Mary declined his dinner invitation and told him that she had an important business meeting in Boston and would have to **take a rain check**.

◆ Tom ficou chateado quando Mary recusou o seu convite para jantar dizendo que ela tinha uma importante reunião de negócios em Boston e que teria de deixar o jantar para outra oportunidade.

◆ I'm afraid I won't be able to attend the meeting this afternoon. I'll have to **take a rain check** on this one.

◆ Receio não poder participar da reunião de hoje à tarde. Infelizmente, terá que ficar para outra ocasião.

TAKE A TIME OUT
TAKE TIME OUT

fazer uma pausa – interromper temporariamente uma atividade – dar um tempo (inf.)

Essa expressão é usada por atletas e treinadores de diversas modalidades esportivas quando solicitam interrupção momentânea durante a partida. Em outras situações, usamos a expressão "to take a time out" quando pedimos ou sugerimos uma breve pausa na atividade em que estamos trabalhando. Observe que tanto a grafia "time out" quanto "time-out" são corretas.

◆ The Secretary of State called for the Israeli government to **take a time out** on settlement construction in disputed territory.

◆ O secretário de Estado solicitou ao governo israelense que interrompesse temporariamente a construção de assentamentos nos territórios em litígio.

◆ The benefit of these small networking groups is that it forces us to **take time-out** to touch base with our network, hear about other challenges and wins and offer support as needed. *("Shannon Henry's The Download Live" – The Washington Post – May 16, 2002)*

◆ O benefício desses pequenos grupos de contato é que eles nos obrigam a arrumar tempo para conversar com essas pessoas, ouvir relatos de dificuldades e vitórias e para que ofereçamos apoio sempre que necessário.

◆ Netanyahu **took a "time-out"** from politics after being trounced by Barak, 58, in an election in May of last year. *("Netanyahu weighs Israeli election challenge" – CNN – December 4, 2000)*

◆ Netanyahu interrompeu temporariamente a sua carreira política após derrota expressiva para Barak, 58, em eleição realizada em maio do ano passado.

TAKE THE WIND OUT OF ONE'S SAILS

desestimular – desmotivar – refrear – desencorajar – cortar o barato (inf.)

No mundo da vela, essa expressão retrata o barco que perde velocidade devido à presença de outra embarcação "roubando" o seu vento. Por analogia, ela é usada em outros contextos para descrever a pessoa que perde o ânimo quanto a desempenhar alguma tarefa justamente por ter sido desestimulada.

◆ The financial director told me to put off the project for one year. That kind of **took the wind out of my sails**.

◆ O diretor financeiro me disse para deixar o projeto para o ano que vem. Isso me deixou assim meio desestimulado.

◆ European markets rallied back on Wednesday, led by technology and insurance stocks, despite an early retrenchment on Wall Street that initially **took the wind out of investors' sails**. *("Tech stocks lead European rally" – CNN – October 2, 2002)*

◆ Os mercados europeus apresentaram recuperação na quarta-feira causada por ações de tecnologia e seguros, apesar da retração precoce em Wall Street, que inicialmente desestimulou os investidores.

◆ The Hindu newspaper commented that the cabinet decision to set up the committee seemed "to be calculated more at silencing the opposition and **taking the wind out of its sails**" than getting to the truth. *("India expels 'last of Kashmir infiltrators'" – BBC News – July 26, 1999)*

◆ O jornal indiano comentou que a decisão de se formar uma comissão, ao que tudo indica, mostra que o governo estava mais interessado em silenciar e desmotivar a oposição do que em esclarecer os fatos.

TEAM PLAYER (TO BE A)

ter espírito de equipe – ser bom colega – ser companheiro

Nos esportes em geral, a expressão "team player" se refere ao atleta que está sempre disposto a se sacrificar pela equipe. Esse esportista não visa exclusivamente o reconhecimento de seu talento individual, pois seu objetivo primordial é a vitória de seu time. Em outras áreas, "team player" se aplica aos profissionais que sabem trabalhar em equipe e que sempre priorizam o objetivo comum.

◆ You can only be **a real team player** when you know how to rally your team to exceed quality expectations.

◆ Você só terá, de fato, espírito de equipe quando conseguir reunir sua equipe para superar as expectativas de qualidade.

◆ The arrival of a new boss is often regarded as an opportunity to polish new skills and show that you're **a team player**.

◆ A chegada de um novo chefe é quase sempre encarada como uma oportunidade para aperfeiçoar novas técnicas e demonstrar que se tem espírito de equipe.

◆ And while Mr Cavallo was often abrasive with colleagues, Mr Remes Lenicov is seen as **a team player**, a politician more interested in maintaining consensus than rocking the boat. *("Economy chief loses the plot" – James Arnold – BBC – April 24, 2002)*

◆ Enquanto o Sr. Cavallo era freqüentemente áspero com seus colegas, o Sr. Remes Lenicov é considerado um bom companheiro, um político mais interessado na manutenção do consenso do que em gerar conflitos.

THE BALL IS IN YOUR COURT

agora é com você – aguardo o seu lance – aguardo a sua contraproposta – a palavra é sua – você é quem sabe – agora é a sua vez

Essa expressão é oriunda do tênis e descreve a situação em que um jogador recebe a bola em sua quadra de jogo e tem a obrigação de devolvê-la para o outro lado. Fora do meio esportivo, a expressão é usada quando dizemos para nosso interlocutor que estamos aguardando resposta, opinião, contraproposta, etc.

- In every negotiation, the time comes when the other side puts an offer on the table. At that point, **the ball is in your court**.
- Em qualquer negociação, chega um momento em que o outro lado coloca uma oferta sobre a mesa. Nesse instante, cabe a você tomar uma atitude.
- **"The ball is in your court**, and if you act responsibly, consumers will get broadband and that broadband pipe will follow the open tradition of the Internet," he said. "If this marketplace is allowed to develop, the entire country will benefit from an Internet – the engine driving our economy – that goes faster." *("FCC: Local govt. mustn't set tech standards" – USA Today – June 15, 1999)*
- "Agora é com você, e se você agir com responsabilidade, os consumidores irão ter banda larga e esse canal de banda larga irá seguir a tradição aberta da Internet", disse ele. "Se esse mercado tiver condições de se desenvolver, todo o país irá se beneficiar de uma Internet – a força motriz da economia – mais rápida."
- **The ball is in your court** – it's time to decide if the annoying stuff outweighs the good stuff about the relationship. *("Family relationships: USA Weekend's Dennie Hughes" – Dennie Hughes – USA Today – April 1, 2002)*
- Você é quem sabe – está na hora de decidir se as coisas chatas são maiores do que as coisas boas na relação.

THE WAY THE BALL BOUNCES

conforme-se – é assim mesmo – o que se há de fazer? – a vida é assim, fazer o quê? – "c'est la vie" – faz parte – não é todo dia que é sábado (inf.)

Essa expressão descreve a forma irregular com que uma bola pode pular no campo de jogo e, conseqüentemente, surpreender um ou mais jogadores. "That's the way the ball bounces" também denota a resignação com que devemos encarar os acontecimentos que fogem ao nosso controle. Ao analisarmos essa analogia, devemos nos lembrar da forma ovalada da bola de futebol americano que, ao quicar no campo, se comporta de maneira imprevisível.

◆ As to Tuesday's losses, "a lot of this is just **the way the ball bounces**," Mellman said. *("Disappointed Democrats Soul Search" – The Washington Post – November 6, 2002)*

◆ Referindo-se às derrotas de terça-feira, "a vida é assim mesmo, o que se há de fazer?", conforma-se Mellman.

◆ I am so sorry to hear of your losing your job. That's **the way the ball bounces**.

◆ Fiquei chateado quando recebi a notícia de que você tinha perdido o emprego. "C'est la vie."

◆ That's **the way the ball bounces**: Can businesses stop bad checks? *("That's the way the ball bounces: Can businesses stop bad checks?" – Mie-Yun Lee – Houston Business Journal – September 4, 1998)*

◆ O que se há de fazer? As empresas conseguirão acabar com os cheques sem fundo?

THE WHOLE NINE YARDS

*tudo – por inteiro – integralmente – o serviço completo (inf.) – do come-
ço ao fim*

A origem dessa expressão é desconhecida, embora muitas pessoas acreditem que ela seja oriunda do futebol america-no. Nessa modalidade esportiva, a equipe que está no ata-que tem quatro tentativas para avançar 10 jardas no campo do adversário. Se não conseguir, perde automaticamente a posse de bola. Por esse motivo, na quarta e derradeira tentativa e dependen-do da posição em campo, a equipe opta por chutar a bola ("punt") o mais longe possível para que o adversário tenha que percorrer uma distância maior na sua vez de atacar. Se a expressão fosse "the whole ten yards", ficaria bem mais fácil explicar a sua origem.

◆ He designed it, built it, painted it, **the whole nine yards**.
◆ Ele projetou, construiu, pintou, fez tudo.
◆ If our boys could kick the Pakistanis out of Kargil, then why not go **the whole nine yards** and boot them out of Pakistan-held Kashmir? *("The Folly of Fighting – Why an Indo-Pakistani war won't solve the Kashmir problem" – Aparism Ghosh – TIME Asia – March 9, 2000)*
◆ Se nossos rapazes conseguissem expulsar os paquistaneses de Kargil, por que não completar o serviço e os expulsar da Caxemira paquistanesa?
◆ Brewer told the panel that he favors stronger security – "firewalls, private access, **the whole nine yards**" – but that federal agencies were ultimately responsible for protecting their online material, not FirstGov. *("New U.S. government Web site flunks security test" – CNN – October 2, 2000)*
◆ Brewer disse ao painel que era favorável a mais segurança – "'fire-walls', acesso privado, tudo" – mas que os órgãos federais do governo eram, em última análise, responsáveis pela proteção de seu material online, não o FirstGov.

THREE STRIKES AND YOU'RE OUT!

No terceiro erro você será demitido! – Se pisar na bola três vezes você está fora! – No terceiro delito você vai para a cadeia!

Em uma partida de beisebol, o rebatedor é eliminado quando, depois de três arremessos válidos, não consegue uma rebatida. O arremesso válido é aquele que passa pela "zona de strike", ou seja, uma área imaginária acima do "home plate" com 43 cm de largura e com altura que vai do joelho à axila do rebatedor. Cabe ao juiz ("home plate umpire") determinar se o arremesso foi válido ("strike") ou não ("ball"). Um "strike" também pode ser computado em arremessos fora da zona de "strike" somente se o jogador fizer o movimento com o taco para tentar rebater a bola.

Fora do meio esportivo, a expressão é também muito usada para indicar o limite permitido de falhas ou erros cometidos por pessoas ou instituições. Por exemplo, em alguns Estados americanos, foi aprovada a chamada "Three Strikes and You're Out Law" ou simplesmente "Three Strikes Law". Segundo essa polêmica lei, o indivíduo que cometer três vezes o mesmo delito poderá ser condenado à prisão perpétua.

◆ Now he makes sure his service-level agreements have a **three-strikes-and-you're-out** clause, and he checks his vendors' references thoroughly. *("Give Them the Drudge Work" – Karen Cheney – Business Week – June 30, 2000)*

◆ Agora ele faz questão de que os contratos de nível de serviço contenham uma cláusula que limite a dois os erros permitidos, e ele investiga minuciosamente as referências de seus fornecedores.

◆ For us Democrats, when we change the course, the real issue is not **"three strikes and you're out."** If the crime is vicious enough, maybe one strike is enough. *("Text of Jackson's speech" – USA Today – October 15, 1996)*

◆ Para nós, Democratas, quando mudarmos esse rumo, a questão deixa de ser "no terceiro delito você vai para a cadeia". Se o crime for grave, talvez apenas um delito seja suficiente para levar o indivíduo à prisão.

THROW A CURVE (BALL)

surpreender – pregar uma peça – pegar no contrapé – fazer pergunta capciosa

"Curve ball" é o lançamento em que o arremessador aplica um efeito na bola que tem por objetivo surpreender o rebatedor. Fora do beisebol, a expressão "to throw a curve ball" é usada com o sentido de surpreender um concorrente, adversário político ou oponente.

◆ The event's moderators **threw conservative activist Gary Bauer somewhat of a curve ball** on one his core-value issues, abortion. Williams asked Bauer if a loved one of his was raped and impregnated, and if that person decided to have an abortion, would he support that decision. *("Boisterous South Carolina GOP crowd greets six party presidential hopefuls" – CNN – January 8, 2000)*

◆ Os moderadores do evento fizeram ao ativista conservador Gary Bauer uma pergunta capciosa sobre um de seus valores fundamentais, o aborto. Williams perguntou a Bauer se ele apoiaria a decisão de uma pessoa muito próxima que optasse por fazer um aborto no caso de gravidez decorrente de estupro.

◆ I had already made all the arrangements to move to the West Coast when my boss **threw me a curve ball**. He said I was going to be transferred to Europe.

◆ Eu já tinha cuidado de todos os preparativos da mudança para a Costa Oeste quando o meu chefe me surpreendeu. Ele disse que eu iria ser transferido para a Europa.

◆ "Just when you feel confident in yourself, this job has a way of humbling you," he says on "The Bravest." "Just when you think you know what you're doing, you **get a curve ball thrown at you**." *("Series shows firefighters before disaster" – Michael Okwu – CNN – October 14, 2001)*

◆ "Quando você começa a ter confiança em si mesmo, esse trabalho o ensina a ser humilde", diz ele sobre "The Bravest". "Quando você acha que sabe o que está fazendo, o trabalho lhe prega uma peça."

THROW IN THE TOWEL
THROW IN THE SPONGE

jogar a toalha – desistir – entregar os pontos

O ato de se jogar a toalha no ringue simboliza abandono nas lutas entre amadores e nocaute técnico nas lutas entre profissionais. Essa atitude é geralmente tomada quando o treinador, ao ver que seu pupilo está em desvantagem e já não mais apresenta condições de reagir, decide poupá-lo de um castigo cruel e desnecessário. A mesma expressão é usada fora do contexto esportivo para situações semelhantes em que empresas ou pessoas decidem desistir da competição ou abandonar uma atividade.

- After many years of practicing law he **threw in the towel** to do what he really wanted to do – sing.
- Depois de muitos anos advogando, ele jogou a toalha e decidiu fazer o que sempre quis – cantar.
- With the insurers ultimately willing to pay only $80 million for repairs that could soar above $120 million, Mr. Cherry **threw in the towel**. "We just couldn't stop the bleeding," he says. *("Property Damage Creates A Big Downtown Eyesore" – Susan Warren – The Wall Street Journal – May 16, 2002)*
- Com as seguradoras dispostas a pagar somente 80 milhões por consertos que poderiam muito bem ultrapassar os 120 milhões de dólares, o Sr. Cherry jogou a toalha. "Não conseguiríamos estancar a sangria", diz ele.
- "We thought that it would be an extreme survey this month with people **throwing in the towel**, but it hasn't happened," said David Bower's Merrill's chief global investment strategist. "There is no real sign of capitulation." *("No sign of capitulation yet – Global fund managers buoyed by improving valuations" – Steve Johnson – Financial Times – July 16, 2002)*
- "Acreditávamos que as pesquisas seriam exageradas neste mês com as pessoas jogando a toalha, mas não foi o que aconteceu", afirma David Bower, principal estrategista de investimentos internacionais da Merrill Lynch. "Não há sinais reais de rendição."

TIME OUT

Dá um tempo! – Um momento! – pausa – intervalo – interrupção – um tempo (inf.)

Essa interjeição é usada em diversas modalidades esportivas quando os árbitros interrompem momentaneamente uma partida. Em outras situações, usamos a expressão "Time out!" quando pedimos para uma pessoa interromper o que está fazendo para prestar atenção no que temos a dizer. Ela também pode ser usada para nos referirmos a intervalo, interrupção ou pausa em alguma atividade. A expressão "time out" também pode ser usada com crianças pequenas e significa uma punição por mau comportamento na qual são separadas do grupo por alguns instantes.

◆ **Time out**! Let's not digress from the main issue at hand.
◆ Um momento! Não vamos nos desviar do assunto em questão.
◆ **Time Out**. For Charles Cole, day trading seemed so easy. Then reality hit. *("Time Out" – Ruth Simon – The Wall Street Journal – June 11, 2001)*
◆ Um momento. Para Charles Cole, a negociação ao longo do dia parecia estar tranqüila. Então o mercado caiu na real.
◆ Dole urges a **'time out'** for candidates. *("Dole urges a 'time out' for candidates" – Jim Drinkard – USA Today – February 25, 2000)*
◆ Dole "pede um tempo" aos candidatos.
◆ We don't throw food, Brian; you need some **time out** to think about it. (The American Heritage Dictionary of Idioms).
◆ Não se joga comida nos outros, Brian; você precisa de um tempo para pensar no que fez.

TOUCH BASE WITH SOMEONE

entrar em contato – conversar – bater um papo – trocar uma idéia (inf.)

Quando ocorre uma rebatida durante uma partida de beisebol, o rebatedor deve correr em direção às bases tocando-as com um dos pés até completar o ciclo e voltar ao "home plate". Fora do contexto esportivo, essa expressão quer dizer entrar em contato brevemente com alguém para trocar informações.

◆ I think that what this means is that U.S. Secretary of State Colin Powell and other diplomats will have to, on a daily basis, talk and **touch base with these countries** to ensure that a coalition holds. *("Madeleine Albright: The road forward" – CNN – September 18, 2001)*

◆ Acho que o secretário de Estado Colin Powell e outros diplomatas terão que, diariamente, conversar e trocar idéias com estes países para termos certeza de estarmos mantendo a coalizão.

◆ She has already finished the report but she wants to **touch base with the CFO** to go over some budget issues.

◆ Ela já terminou o relatório mas gostaria de bater um papo com o diretor financeiro para analisar algumas questões relativas ao orçamento.

◆ Question: When can you call an interviewer to follow up? Is it appropriate to call and **touch base**, or would that annoy the employer?
Answer: One week is generally an appropriate amount of time to wait before following-up with an interviewer. Contact either the human resources liaison or the individual who arranged the interview. *("Ask a Counselor" – Heather Wagoner – USA Today – August 15, 2002)*

◆ Pergunta: Quando se deve ligar para o entrevistador? É oportuno ligar e bater um papo ou isso iria irritar o empregador?
Resposta: Geralmente, deve-se esperar uma semana antes de ligar para o entrevistador. Entre em contato com a pessoa de recursos humanos ou com a pessoa que agendou a entrevista.

TOUCHDOWN (n.) / TOUCH DOWN (v.)

pouso, aterrissagem – pousar, aterrissar

O "touchdown" é o ponto culminante numa partida de futebol americano. Ele pode até ser comparado com o gol no futebol, embora a marcação de um "touchdown" garanta seis pontos ao time que consegue penetrar na "end zone" da equipe adversária. Além disso, essa jogada permite a essa equipe anotar mais um ou dois pontos chamados de "extra point" e "two-point conversion", respectivamente. O nome "touchdown" tem sua origem em hábito antigo dos jogadores, provavelmente do rúgbi, que, ao ultrapassarem a linha que divide o campo e a "end-zone", faziam com que a bola tocasse o chão. Contudo, fora do meio esportivo, ela pode ser tanto substantivo quanto verbo e significa pousar (ou pouso de) aeronave ou espaçonave.

- Space shuttle Atlantis swooped through the night sky and **touched down** smoothly, completing its mission to install a new passageway for spacewalkers at the International Space Station. *("Touchdown: Atlantis returns to Earth" – USA Today – July 26, 2001)*
- O ônibus espacial Atlântis surgiu no céu escuro e pousou suavemente, completando a missão de instalar um novo corredor para os astronautas na Estação Espacial Internacional.
- The **touchdown** was so smooth we were down before I realized.
- A aterrissagem foi tão suave que nós nem sentimos.
- Gusts of up to 29 mph had been predicted at Kennedy on Monday; 15 mph is the limit for a safe shuttle **touchdown**. *("Poor weather threatens to delay Discovery touchdown again" – CNN – October 23, 2000)*
- Há previsão de rajadas de até 29 milhas por hora no Kennedy (Space Center) nesta segunda-feira; 15 milhas por hora é o limite para o pouso seguro do ônibus espacial.

TURN AT BAT (ONE'S)
pronunciar-se – ter a vez – ter a palavra

Todos os jogadores de beisebol se revezam e têm a oportunidade de jogar na posição de rebatedor. A única exceção feita a essa regra é na Liga Americana, uma das duas divisões da MLB (Major League Baseball). Nos jogos disputados nessa liga, é usado um jogador especial chamado "designated hitter". cf. DESIGNATED DRIVER. Fora do esporte, a expressão "one's turn at bat" quer dizer ter a sua vez de se pronunciar, de agir, de trabalhar, etc.

◆ Now, it's the voters' **turn at bat**. They are the only ones who can change things in their community.

◆ Agora, é a vez de os eleitores se pronunciarem. Só eles têm condições de mudar as coisas em sua comunidade.

◆ He said he would try to ensure "a free and open debate, that all sides get their **turn at bat**, and then the delegates decide what's going to be in the platform of this party." *("Buchanan is put on notice: Get on board" – Susan Page – USA TODAY – August 23, 1996)*

◆ Ele afirmou que tentaria garantir "um debate livre e aberto em que todas as partes tivessem oportunidade de se pronunciar e que os delegados decidam qual será a plataforma do partido".

◆ The Republicans have found a recipe for success, only when they get their **turn at bat** what should they expect from the Democrats? My God, where are we going? *("Readers' Views on Starr's Report" – The Washington Post – 1998)*

◆ Os Republicanos encontraram a receita do sucesso, mas, quando chegar a sua vez, o que irão esperar dos Democratas? Meu Deus, onde vamos parar?

TWO STRIKES AGAINST

todo cuidado é pouco – estar na marca do pênalti – abrir o olho (inf.) – ficar esperto (inf.) – estar na corda bamba – já estou com você por aqui – da próxima vez, rua!

Em uma partida de beisebol, o rebatedor só tem direito a cometer dois erros, chamados "strikes". Portanto, ele será eliminado quando não acertar o terceiro arremesso válido feito em sua direção. O arremesso válido é aquele que passa pela "zona de strike", ou seja, uma área imaginária acima do "home plate" com 43 cm de largura e com altura que vai do joelho à axila do rebatedor. Cabe ao juiz ("home plate umpire") determinar se o arremesso foi válido ("strike") ou não ("ball"). Um "strike" também pode ser computado em arremessos fora da zona de "strike" somente se o jogador fizer o movimento com o taco para tentar rebater a bola. Em contrapartida, caso o lançador arremesse fora da zona de "strike" ("ball") quatro vezes, o rebatedor conquista automaticamente a primeira base ("base on balls").

- When you introduce a product in a country that is economically and politically unstable you have **two strikes against you**.
- Quando você lança um produto em um país que apresenta instabilidade econômica e política, todo cuidado é pouco.
- Matalin, according to her critics, has **two strikes against her**. First, as some noted, Bush lost in 1992, and maybe bringing in his advisers isn't a great idea. *("Matalin won't help Dole after all" – Candy Crowley – CNN – April 13, 1996)*
- Matalin, segundo seus críticos, está na corda bamba. Em primeiro lugar, como algumas pessoas lembraram, Bush perdeu em 1992 e talvez não seja uma boa idéia convidar seus assessores.
- "You are at bat in the bottom of the ninth with **two strikes against you**," Hillsborough Circuit Court Judge Florence Foster said. *("Darryl Strawberry sent to drug treatment program" – CNN – May 17, 2001)*
- "Você vai bater o pênalti aos 44 min do segundo tempo e o seu time está perdendo por 1x0", disse o juiz Florence Foster do Tribunal de Hillsborough.

UNDER THE WIRE
em cima da hora

 No turfe, "the wire" significa espelho ou disco final, ou seja, o equivalente a linha de chegada. Portanto, a expressão "under the wire" representa o momento decisivo do páreo. Por analogia, ela é também usada em inúmeros outros contextos descrevendo situações em que um prazo de entrega, um cronograma, etc. está chegando ao fim. No terceiro exemplo abaixo, podemos observar sua aplicação como adjetivo e, por essa razão, deve ser grafada com dois hifens.

- The professor provided the necessary background on the research five months in advance but Michael submitted his term paper just **under the wire**.
- O professor forneceu as informações básicas sobre a pesquisa com cinco meses de antecedência, mas Michael entregou o seu trabalho final em cima da hora.
- For films starting just **under the wire**, the fear is that they will suffer from too-tight shooting schedules. *("Potential walkout holds back filmmakers" – Josh Chetwynd – USA Today – April 6, 2001)*
- Para os filmes que começam em cima da hora, o medo é que sofram com o cronograma de filmagens muito apertado.
- Democrats are pressing the Republicans to make public these anonymous, **under-the-wire** contributors, but the G.O.P. has no intention of doing so, suggesting that the number of Democrats on the list would be highly embarrassing to McGovern. *("The Coronation of King Richard" – Time – August 28, 1972)*
- Os Democratas estão pressionando os Republicanos para que estes divulguem os nomes destes colaboradores de última hora, mas o Partido Republicano não tem intenção de fazê-lo, alegando que o número de Democratas na lista iria causar embaraço para McGovern.

(WAY) OFF BASE (TO BE)

(totalmente) enganado – (redondamente) enganado – (completamente) por fora (inf.)

Sempre que um jogador de beisebol está se movimentando entre uma base e outra, ele se encontra numa situação vulnerável. Se um adversário estiver de posse da bola e conseguir tocá-lo, ele estará eliminado daquela entrada ("inning"). Ao acrescentarmos o advérbio "way" à expressão "off base", indicamos um grau maior de intensidade.

◆ Do you really think I'm **way off base** on this one or do you agree with me?

◆ Você acha mesmo que estou totalmente enganado nesta questão ou você concorda comigo?

◆ The cagey and low-key Mr Daschle generally ignores the venom but expresses his "disappointment" about one attack or another. "The rhetoric is **way off base**, and I'm disappointed people are using it," is his formula response. *("Profile: Tom Daschle" – Nancy Dunne – Financial Times – January 31 2002)*

◆ O cauteloso e discreto Sr. Daschle geralmente ignora o veneno, mas expressa o seu "desencanto" sobre um ou outro ataque. "A retórica está totalmente errada e me decepciono ao ver as pessoas a utilizando" é a sua resposta padrão.

◆ Urban Institute President Robert Reischauer said Bush is "not **way off base**" to say the tax cuts mitigated the economic downturn, but "the magnitude of these effects is not as great as he believes." *("This Time a Bush Embraces 'Voodoo Economics' Theory" – Dana Milbank – The Washington Post – November 14, 2002)*

◆ Robert Reischauer, presidente do Urban Institute, afirma que Bush não está "totalmente enganado" quando diz que os cortes nos impostos atenuaram a queda na atividade econômica, contudo, "a magnitude desses efeitos não é tão grande quanto ele acredita".

WHISTLEBLOWER
denunciante – dedo-duro – delator – alcagüete

Na língua inglesa, "whistleblower" significa pessoa que denuncia, para a opinião pública ou para as autoridades, ato ilícito cometido numa organização. Vale notar que a pessoa que aponta tais atos está protegida por lei nos Estados Unidos. De acordo com a "Federal False Claims Act" (Lei Federal contra Alegações Falsas), quem denuncia irregularidades pode até receber uma porcentagem do dinheiro recuperado pelo governo. Essa expressão é uma referência direta ao árbitro que tem a função de coibir as jogadas ilegais soprando seu apito. A grafia "whistle blower" também é correta. cf. BLOW THE WHISTLE (ON SOMEONE).

◆ Should more protections for the business **whistleblower** be put into law?
◆ Deveria haver na legislação mais proteção para o denunciante nas empresas?
◆ When you're a **whistleblower**, nobody likes you.
◆ Quando você é dedo-duro, ninguém gosta de você.
◆ Mr Baxter was mentioned in a memo by Sherron Watkins, the **whistleblower** who wrote to former Enron chairman Ken Lay in August last year expressing her concerns about the financial structures set up by the company. *("Former Enron vice-chairman found dead" – Peter Thal Larsen, Joshua Chaffin, and Sheila McNulty – Financial Times – January 25, 2002)*
◆ O Sr. Baxter foi citado em memorando de Sherron Watkins, a denunciante que escreveu para Ken Lay, ex-presidente da Enron, em agosto do ano passado expressando a sua preocupação com as estruturas financeiras criadas pela empresa.

WILD PITCH

insensatez – bola fora – bobagem – besteira – absurdo – palpite infeliz – isto já é demais! – ato impensado

No jogo de beisebol, o receptor ("catcher") fica posiciona-do atrás do "home plate" e tem a função de recuperar as bolas arremessadas que não foram aproveitadas pelo reba-tedor. O "wild pitch" é aquele arremesso feito tão fora do alvo que o receptor não consegue dominar a bola, possibilitando que seus adversários avancem de uma base para outra. Fora do contexto esportivo, a mesma expressão passa a significar comentário, decla-ração ou atitude impensada ou sem fundamento.

◆ That **wild pitch** indicates that the politician knows nothing about this part of the country.

◆ Aquela bola fora mostra que o político não sabe nada sobre essa região do país.

◆ Calling comic books great literature – that's a **wild pitch**. *("The American Heritage Dictionary of Idioms" from Houghton Mifflin Company)*

◆ Chamar gibi de grande literatura – quanta insensatez.

◆ What do you do, in case teaching, when a student throws you a **wild pitch**? *("The sound of learning" – John A. Seeger – XanEdu News – March / April 2002)*

◆ O que você faz quando, durante a aula, um aluno faz uma pergun-ta absurda?

WIN BY A NOSE
BY A NOSE
BEAT BY A NOSE

ganhar apertado – ganhar por focinho – vencer por pequena margem

Essa é mais uma das várias expressões que tem a sua origem no turfe. Às vezes, as provas são tão disputadas que a distância entre o primeiro e o segundo colocados é apenas a de um focinho. Por analogia, essa expressão passou a ser também usada em outros meios. Ela é freqüentemente utilizada para descrever as vitórias por pequena margem em campanhas políticas ou qualquer outro processo de seleção. Freqüentemente, como no segundo exemplo abaixo, o verbo "win" é suprimido da frase, embora seu sentido permaneça evidente.

- The liberal candidate **won by a nose**, ending many years of conservative rule in the country.
- O candidato liberal venceu por pequena margem, pondo fim a muitos anos de domínio conservador no país.
- The race this year is all over, everyone agrees on the morning after Iowa. Bush and Gore have the nominations. (My guess is Gore **by a nose** in November.) *("Alan Keyes — We Hardly Got to Know You" – Lance Morrow – Time – January 25, 2000)*
- A disputa deste ano já terminou, todos chegaram ao consenso na manhã seguinte a Iowa. Bush e Gore conseguiram as indicações. (Meu palpite é que Gore ganha apertado em novembro.)
- One of the 1-GHz PIII units, the Gateway Performance 1000, also beat all three P4s, though just **by a nose**. *("Review: Pentium 4 a disappointment at 1.5 GHz" – David Essex – CNN – November 21, 2000)*
- Uma das unidades PIII de 1 GHz, a Gateway Performance 1000, também chegou na frente das três P4, embora apenas por pequena margem.

YELLOW CARD
cartão amarelo – advertência – aviso

O cartão amarelo foi usado pela primeira vez na Copa do Mundo do México, em 1970. Ele simboliza advertência sendo mostrado ao jogador de futebol quando este comete falta grave. Seu objetivo principal é fazer com que os torcedores entendam claramente as decisões tomadas pelo árbitro da partida, além de facilitar a comunicação entre ele e os jogadores que, em eventos internacionais, geralmente não falam o mesmo idioma. Na mesma época, foi também usado pela primeira vez o cartão vermelho. cf. RED CARD.

◆ The government has already been shown the **yellow card** by the Supreme Court Justices for its decision on the econonic front.

◆ O governo já recebeu uma advertência dos ministros do Supremo devido à sua decisão na área econômica.

◆ But using a soccer analogy, IMF Managing Director Michel Camdessus vowed at a news conference that he will "show the **yellow card** a little more," and he suggested the IMF was prepared in extreme cases to use "the red card of going public with its negative opinion on a given country." *("IMF Seeks to Be More Forceful in Approach to Crisis" – Paul Blustein – The Washington Post – April 18, 1998)*

◆ Entretanto, usando uma analogia do futebol, o diretor-gerente do FMI Michel Camdessus prometeu durante coletiva que irá "mostrar mais o cartão amarelo", e indicou que o FMI estava preparado para, em casos extremos, usar "o cartão vermelho indo a público expressar sua opinião negativa sobre um determinado país".

◆ In July, the government warned that any further paramilitary activity would not be tolerated. It was, in a sense, a political '**yellow card**'. *("Raid rocks confidence in Stormont" – Mark Simpson – BBC – 4 October, 2002)*

◆ Em julho, o governo advertiu que não mais aceitaria qualquer atividade paramilitar. Foi, de certa forma, um "cartão amarelo" político.

YOUR SERVE

a palavra é sua – é a sua vez – o problema é seu

No tênis, o saque, reposição da bola em jogo, é efetuado pelos dois jogadores alternadamente. Com base nessa característica do esporte, as expressões "your serve" e "my serve" passaram a ser usadas em outros contextos para expressar a alternância principalmente na hora de pronunciar ou exprimir opinião.

◆ Everyone else has expressed their opinion. Mr. Brown, it's **your serve**.

◆ Todos já se pronunciaram. Sr. Brown, a palavra é sua.

◆ Only the North Korean leadership can decide to take practical steps to lay the foundations for a relationship built on trust. Everyone else has taken their turn. Chairman Kim, it's **your serve**. *("Is the U.S. Really an Obstacle to Inter-Korean Dialogue?" – Scott Snyder – The Center for Strategic & International Studies – May 25, 2001)*

◆ Somente o líder norte-coreano pode tomar a decisão de adotar medidas práticas para construir a base de um relacionamento em que haja confiança. Todos já se posicionaram. Presidente Kim, o senhor tem a palavra.

◆ I truly believe you can make a difference. You're a part of the process and it's **your serve**.

◆ Realmente acredito que você pode fazer a diferença. Você faz parte do processo e agora é a sua vez.

*Este livro foi composto nas fontes Knockout e Scala Sans
e impresso em março de 2003 pela OESP Gráfica S/A,
sobre papel offset 90g/m².*